有过去／的人，才有／未来

YOU GUO QU DE REN CAI YOU WEI LAI

苏念安 ╳ 著

江苏凤凰文艺出版社
JIANGSU PHOENIX LITERATURE AND
ART PUBLISHING, LTD

写在前面的话

我有故事和酒，
你愿不愿意跟我一醉方休

　　第三本书出版上市以后的很长一段时间里，我都不曾再创作。这些年，我跌跌撞撞地经历了人生里很多事情，吃了一些苦头，对生活有了更多的感悟，却也越来越惜笔墨，不敢喧哗，更不敢招摇过市。

　　于是，我变得低沉，又孤独。

　　我曾暗恋一个人四年，在岁月的长河里呼啸而过，每一次的撞见都会心跳加速，又要装出一副气定神闲的样子，其实内心早已汹涌澎湃。那四年里，我觉得自己配不上对方，迟迟不敢表白，源于内心深处的自卑渐渐变成了日以继夜的勤学苦练。我熬夜写稿子，出书成名，可最终还是与其失之交臂。现在回过头来再看那段日子，依然会觉得踏实而又生动。四年的青春，没有拥抱爱，也没有爱恨情仇，但是心里一直都不曾空过，大概是因为住着这么一个人，所以在1460个日日夜夜里，都不曾觉得寂寞过。

　　后来，我也曾坠入爱河，与人相爱。我尝过爱情里的甜，也吃到了爱情里的苦头，我们曾彼此相爱，也曾互相折磨，违背了最开始的初心。

在分开之后的很长的一段时间里，我再也不敢去爱别人。夜深人静的时候我也会想，如果当初，我们彼此都少一点暴戾之气，多一点包容和谅解，是不是再也不会像现在这样在人海茫茫中苦苦地等待了？

这大概就是一种所谓的"成长"。只是换取的代价并不低，我褪掉了稚嫩，磨平了棱角，哪一次不是如同从身上撕掉一层皮那般的苦痛。我在深夜里辗转难眠，又在白天里刀枪不入，穿梭职场，用不同的表情跟不同的人打交道。我被人坑过，也被人穿过小鞋、灌过酒，我喝得酩酊大醉，不知道怎么打的计程车，也不知道给了司机多少钱的车费，我过得苦不堪言、痛不欲生。

但是，等天亮了，等梦醒了，我照旧心平气和地接受这世界，我也不会跟家人提起自己吃过的那些苦头，我不会哭，也不会闹了，坦然地接受生活赋予的这一切，一步步朝前走，哪怕走得很艰难。

我曾绝望过，也曾迷茫过。我被生活推着挤着往前走，我住过地下室，也睡过阳台，我曾不顾形象地追公交，也曾在深夜的地铁里筋疲力尽连眼睛都睁不开，我彷徨又迷茫，不知道我人生的路该往哪里走，我买不起房子，赚的又不多，过得很是没有安全感。

偶尔的时候我也想，不如就这么放弃吧，那么累地活着究竟是为了什么。但是我不甘心，我不甘心自己老了以后像我父母那样后悔当年没有努力，我把所有的苦都咽进肚子里，哪怕穷困潦倒的时候在路边吃三块五的炒河粉，我都不愿意轻易妥协就此放弃，只有经历过，拼搏过，才会对得起过去，更值得拥有未来。

不仅仅是我，我相信很多人都和我一样，我们在这人世间颠沛流离，每个人都活得不容易。我见过职场中的小姑娘被领导骂得狗血淋头，她下班了在工位上一边哭一边写辞职信，平复心情之后她删掉了文档，第二天依然整理心情换了身漂亮的衣服去上班；我也见过刚毕业的大学生顶着38°的高温站在马路边笑意满满地给往来的路人递传单，哪怕遭人冷眼相对，依然笑盈盈地说声谢谢。我见过太多不容易的过去，也因此更期待未来。

决定写这本书的时候，我发了朋友圈，我问有没有朋友愿意给我讲讲他（她）的故事，有很多人响应了我，纷纷给我发微信，我收获了大家对我的信任，也必不辜负大家的信任。

所以这本书，它不仅是我的故事，还是很多人的故事。我们汇聚在一起，彼此温暖关照，在漆黑的深夜里，我们将彼此的人生点燃，汇集成了星河，遥远的世界也不再遥远，孤独的人生也不再孤独。

这大概也是一种力量吧，我们靠着这股力量前行，再也不是孤军奋战了。

从2008年开始创作，直至今日，转眼已是十年的光影。这十年来，我写过很多故事，也出过好几本书。唯独这一本，是我将近十年的心旅路程，我将它挖出来，摊在你眼前，愿你被时光厚爱，不受这般颠沛流离之苦，也愿你被心爱的人放在心上，不用在深夜里哭泣。

苏念安

写于2017年7月20日

C O N T E N T S 目录

写在前面的话

C O N T E N T S 目录

你所谓的迷茫，

不过是想得多而做得少

除了穷，我们能选的还有什么

小 B 每隔一顿时间就会在微信上跟我聊天，他发来的微信内容千篇一律，以至于我看到他的头像就知道他发了什么内容。这一次也毫不例外，他又在微信上问我："老弟啊，最近有啥赚钱的路子吗？"

小 B 是我的前同事。他凭借211大学的硕士学历和家里面的关系，不费吹灰之力就留在了当时还是事业编制的杂志社。他聪慧，又善于察言观色，很快就讨到了领导的欢心，成了杂志社里的红人，混得如鱼得水。那时候我满大街地跑选题做策划方案，还要频频参加品牌推广活动，堵商界大咖的路就为采访几个关键词。小 B 命就比我好，他坐在办公室里喝茶看报，夏天吹着空调冬天享受着暖气，风吹不着雨淋不着，成了地地道道的成功人士。

跟他比，我过的就像条流浪狗。

偶尔一起吃饭，小B还担当了知心大哥的角色，一本正经地问我："每天跑那么多的企业，见那么多的创业者有什么用？除了看人脸色，处处碰壁，啥好处也捞不着。到头来，你拿的工资不是和我一样多，何苦呢？"

我大口扒拉着饭菜，觉得小B说的也很有道理，他毕竟是单位里的红人，能混到这种地位自然有他的过人之处。他山之石可以攻玉，我就按着小B的提点试了试，每天跟他一样一大早到了单位，打完卡再去楼下早餐店吃早饭，回来之后泡杯茶，浏览浏览新闻玩玩手机就十点半了，于是跟大家一起讨论中午吃什么。

就这样浑浑噩噩地过了三天，我实在坐不下去了。小B白了我一眼，他说："你是屁股上长钉子了吗？"

我屁股上没长，可是心里却长了。我着急又焦躁，每一天过得漫长又虚妄。第四天的时候总算是忍不住了，我抓起了包拿着小本子就去跑市场，我又变成了那个处处碰壁的小记者，运气不好的时候还会被人轰出去，一点尊严都没有。每当这个时候，我也会羡慕小B。

可我终究成不了小B。

他刚参加工作，父母就给他付了首付按揭了一套大房子，说是按揭，小B也没还过一分钱的房贷，全凭他爸妈打点。他的工资和奖金统统用在了吃喝玩乐上，花完了还能伸手找他爸妈要，过得逍遥又快活。

而我呢？租着一间小屋子，夏天连空调都舍不得开。因为心疼路费，我出去采访的时候不舍得打车，遇见偏远的地方，要走好远好远的路才能见到一辆摇摇晃晃的公交车，过得小心翼翼又斤斤计较。

所以，我不敢怠慢生活，是因为我怕生活会抛弃我。我只能拼命地往前跑，每次被采访对象阻拦在门外，或者被人轰出来的时候，我都会自我安慰说："等老子牛逼了，鸟都不会鸟你们。"可是安慰归安慰，第二天照旧去跑市场，做调研，因为那时候的我牛逼不起来。

后来我跳槽，去了更好的公司做品推，拿的薪资比之前多了一倍还要多。没多久，之前的杂志社遭遇了体系改革，要公司化运营，自负亏盈。小 B 跑来跟我诉苦，说贡献了这么多年的青春还是被单位给抛弃了。末了，他又补充一句："老弟啊，你有啥赚钱路子不，带带哥们啊！"那时候我才知道，经济形势不好，他爸妈的生意遇冷，投出去的钱大多打了水漂，已经拿不出什么钱来给他还房贷了。

小 B 沦落成当年的我，要自己还房贷，自己养活自己。可他终究比我好点，起码他还有套房。

由俭入奢易，由奢入俭难。平时大手大脚惯了的小 B 一时半会儿还真不善于经营生活，他开始举债外借，直到没人可借之后又靠信用卡度日，落下的窟窿越来越大。他频频在微信上跟我取经，上来就问我"最近有啥赚钱路子啊。"

我又不是王健林，哪能上来就设定一个小目标，先赚他一个亿？可毕竟是多年的同事，赚不了一个亿，起码咱们也能赚个零头混口饭吃吧？于是我就给他支招，问他愿不愿意去做品推，他说好。可是没多久就跑来跟我诉苦，说太累了不说，还赚不了几个钱，问我还有没有别的路子。

刚巧那时候我有要好的朋友跳槽去了房地产行业，自己注册了公司外包了楼盘的销售项目，想拉拢几个人大干一场，我问小 B 愿不愿意去。小 B 说："房子那么贵，我卖给鬼吗？"他果断拒绝了我的搭桥，还差点把我拖入了黑名单，说我看不起他。他说："我好歹也是个硕士生，你让我去卖房子，你就那么看不起我吗？"

我哑口无言。

同样的一座桥，我还搭给了我的学妹，那时候她考公务员失利，又错过了招聘的黄金时期，苦闷地在郑州找工作，找了半个月还是没有收获，她在微信上跟我求助，问我公司最近有没有招聘。我就顺手把卖房子的招聘接连发给她，问她愿不愿意去。

她没回我微信，我还以为她不愿意呢。可是没多久，她就给我打电话，声音里都是铃声一般的笑，她拜托我跟朋友打个招呼，还问我能不能让她尽快去上班，因为她穷得快没钱吃饭了。

我说好，挂完电话，顺手就给她发了个200的红包。

她迟迟不领，她说："学长，你给我介绍工作应该是我给你发红包才对啊。"

我说："就当是我借钱给你吃饭的吧。"

她说："好，那我更要尽早赚钱尽早还你了。"

第二天，学妹就直接去公司报到了。她穿着工装，每天挨个给客户打电话，问他们最近有没有置业的打算，她还把楼盘的优势概括成简单的三句话，从交通到环境，又从价格到品质，讲得头头是道。她讲得好，还总是加班。以至于后来连我朋友都跑来跟我开玩笑："你介绍的小学妹太勤奋了，害得我每天晚上看她加班都忍不住要管她晚饭，这算额外开支，得算你头上。"

我这边说着好好好，那边朋友就拉着我去吃宵夜，好酒好肉地招待了我。

学妹的努力很快就得到了市场的认可。她卖出了第一套房子，高兴地给我打电话，她说她很快就能还我那200块钱了，还说要请我吃大餐好好谢谢我。

我说："不用了，那200块钱就当是我给你的奖励吧。"

她说："那怎么行，要奖励也得是老板给我奖励，那就等学长当我老板了再奖励吧。"

卖了第一套房子的学妹，很快就卖掉了第二套、第三套……

她又忙碌又兴奋。后来还是我朋友告诉我的，第三个月的时候学妹成了当月的销售冠军，拿了十几万的销售奖金和提成。

我瞪大眼睛，我说："得，学妹变成小富婆啦。"

后来学妹跑来还我钱，还要拉我去胡吃海喝，我问她："好歹也是名校毕业的高材生，你去卖房子的时候会不会怕丢人？"

她把剥好的虾尾递到我盘子里："为什么怕丢人啊？我靠自己的劳动赚钱养活自己，这本身就是一件光荣的事情啊。虽然是售楼小姐，可我也是有尊严的售楼小姐啊。"

我觉得她说的很对，点头如捣蒜。

后来，房地产行业火爆，房价飞速上涨，购房者的热情非但未减，还挤爆了售楼部。很多楼盘一天就清了空。很多购房者为了能买到房子，还主动跟学妹搭讪，问她怎么才能抢到房子，说着就把红包往学妹口袋里装。学妹连连推辞，她说："我就是个卖房子的，怎么能收你们的红包？"

哎，这个傻学妹。她站在了风头，却没变成飞起来的那头猪，起码还是有点脑子的。

这个时候，小B又跑来找我，问我房子现在卖得这么火，我朋友那边还招不招人，他也想去卖房子。

我反问他："你好歹也是名校的硕士生。"

他目光空洞地看着我，他说："那又怎么样，为了赚钱，还要尊严做什么。"

我再次无言以对。

可那个时候哪还有什么机会等着他。他气得捶胸顿足，说我不够哥们义气，这点小忙都帮不了他，然后彻底把我拖入黑名单了。

你看，这就是我们所经历的不同人生。含着金钥匙出身的毕竟是少数，绝大多数的我们依然活在这个社会的底层，奠基了金字塔坚定的基础——出身的贫穷，我们根本就没得选。

但是这并不代表往后的余生，我们也是被动的，也是无法选择的。

我们读的大学，我们看过的那些书，以及我们处处碰壁所受的挫折，都该是我们跃跃欲试的开始，都该是前进路上的垫脚石，而不是止于山水，不敢攀岩。

我也曾穷困潦倒，靠着计算公式一般来过日子。在我最艰难的时候，一整个夏天，我都没舍得吃过一个冰淇淋，没有喝过一瓶饮料。我喝白开水，连出门都要带着茶水杯，灌满凉白开。

在经历那么多贫困的日子，我没有被打倒，我最后还是站了起来。

我后来去创业，过得更艰难，我去见客户，都要提前两个小时，坐很远很远的公交车。他们看着衣着简陋的我，问我："你真的行吗？"

可我就是真的行啊。

我靠着这股子劲，我成为了我自己。

那些嚷着要去赚钱，嚷着要"脱贫"的青春男女，大概还没有被生活逼入绝路，大概还是有一席之地能容身，所以穷，对他们来说，永远都是发生在二次元世界里的大爆炸，离他们何止十万八千里。

你可以选择继续穷下去，当然你也可以选择跟贫穷斗下去，谁输谁赢还不一定呢。但是，当你愿意面对它，愿意改变它的时候，其实你已经足够富有了。

这份勇气，这份奋斗，将会成为你这一生最富足的财富。

当遗憾成为了一种成长，我们还剩下什么

"如果当年我努力一点，考一个好一点的大学，现在应该就不会这么辛苦了。"

"如果曾经，我成熟一点，对她好一点，或许我们就不会分手了。"

"如果我早些买房子，现在应该住进了自己的房子里，不至于像今天这个样子，再也买不起房子了。"

……

这些话是不是很熟悉？它们在"如果"的伪装下，将并不称心如意的人生虚设了另外一种可能性，在这种可能性里，我们会考上理想中的大学，会和喜欢的人结婚，也会在该买房子的时候毫不犹疑地选择下手，甚至会走出另外一种幸福感。可是，别做梦了，这一切都是"如

果"，藏着我们怯弱的、不甘心的小遗憾。我们没法摆脱它，却也不敢直视它，因为它成了我们心底为数不多的敏感源，轻轻一碰，便会支离破碎。

比如小梦。

小梦是个地地道道的才女。作为金融系毕业的高材生在投行事业里精于分析又善于投资，拿着百万的年薪。这也就算了，更难能可贵的是，她一身才气，用琴棋书画样样精通来形容一点都不假，她钢琴过了八级，随随便便写了篇心理分析史就有出版商拿着原稿上门来谈合作，问她愿不愿意写成通俗版出版成书……

可就是这样的小梦至今还单身。她临近而立的边缘，莫名其妙就成为别人口中的"大龄剩女"，被管不住自己嘴巴的男女纷纷议论。"赚那么多有什么用，能嫁出去才是王道？""会谈钢琴会写书能当饭吃吗，能拴得住男人的胃口吗？"各种闲言碎语唧唧歪歪地传到了小梦的耳朵里，小梦也不生气，照例依着落地窗看书，书桌上插着满天星，没有什么香味。

小梦单身，不是没有原因的。她将自己的生活打理得头头是道，成了独立自主的女强人。下雨天，她用不着别人给她送伞，她家里放着伞，办公室也存着伞。她收益颇丰，拿些闲置的小钱买买理财炒炒股票，所得收益，就足够很多普通人辛辛苦苦干一年了，所以她买得起自己想要的口红、包包，甚至是跑车，以至于想追她的男人都得先掂量一下自己的分量是否充足，就算充足，也毫无用武之地啊。

她早就在自己的周围建筑了密不透风的墙，活成了高高在上的女王。可就是这个女王，在脆弱的时候会喝酒，喝醉了之后只会一遍接着一遍喊老张。

老张是她的初恋。他们刚刚在一起的时候小梦还是个初出茅庐的女屌丝，被学校毫不留情地推到了社会上，怯怯懦懦地去面试，被挑挑拣拣，然后留下来当实习生。老张比她大六岁，早就在社会上摸滚打爬了好几年，他被磨平了棱角，洗尽了暴戾之气。他妥善体贴又有好脾气，上了夜班还要跑去给小梦送早点，看她吃完才肯放心地回家补补觉，醒来之后的第一件事情就是问小梦想吃什么，他去买。

那时候还没有什么外卖软件，老张就成为了小梦专属的外卖员，为她送吃送喝，风雨无阻。

可是小梦不知足啊。她活成了《欢乐颂》里樊胜美的样子，把所有的希望都寄托在了老张身上，她工作出纰漏了找老张，被领导骂了也找老张，心情不好了还是会找老张，好像老张不是她的男朋友，而是她的出气筒。她想要的是超级英雄，很显然老张不是。老张摆平不了她面对的困难，也成不了她的超级英雄，他腆着脸被她骂，等她骂完了端上来温热的柠檬蜂蜜水，笑嘻嘻地看着她。

所有的屈辱和忍耐，都是因为我爱你。可是老张也是人啊，是人，总会有精疲力竭的时候。

后来，他们分道扬镳。小梦化悲痛为力量，披荆斩棘，事业越做越顺。她不再抱怨，不再需要超级英雄，她遇见越来越多的男人，那些男人总是会在微信上问她吃了没有，却再也没有哪个男人会顶着高温给她送饭菜，他们最多言语上关心她，约她出去玩，可是当她有困难的时候没有一个会站出来，他们最多也就是嘴上说心疼，就连她生病的时候也只是安慰而已。

渐渐地，小梦也被磨平了棱角，年少时的暴戾之气被消磨殆尽，她变得温顺又宽容，可是她再也遇不见老张这样的人。

老张真的变成了超级英雄，活在她过去那些年的岁月里，捍卫着那个初出茅庐的小女孩，温柔以待，这也成为了她生命里为数不多的憾事。每当她遇见再好的男人，都会忍不住拿老张当样本。她每次喝多了酒都会抱着自己哭，在夜深人静的时候给我打电话，她说："如果那些年我懂得珍惜，明白感恩，那么现在的我，也不至于像现在这样颠沛流离。"

我没法安慰她，因为我知道，这世界再温柔的言语都无法弥补内心深处那口因遗憾而形成的黑洞，它吞噬掉了我们曾经温暖柔情的岁月，将那些美好的、宁静的、只属于我们自己的小时光，终究销毁成了遥不可及的梦。我们历经岁月，磨去棱角，拔掉软肋，却怎么也堵不住这口黑洞，怎么也无法阻挡那些遗失的美好仅仅在我们的记忆里占山为王。

因为这些遗憾，我们也终究得以成长，我们长成了成熟的样子，这终究是一件好事。

可是，夜深人静的时候我们也会想，我们因遗憾而成长，活成了自己想要的样子，能赚越来越多的钱，能自我满足越来越多的需求，可我们又能剩下什么呢？

小北是电台主播，他勤勉上进，也远离故乡。为了在这个城市里占有一席之地，没日没夜地打拼。他的付出得到了应有的回报，他成了电台里的台柱子，收听率嗖嗖地往上蹿，可他也失去了跟家人的朝夕相伴。前年冬天的时候，在某个下着大雪的晚上，他刚刚从办公室里出来，接到了家人打来的电话，告诉他，奶奶快不行了。他几乎想都没想就打车往机场跑，世界寂静又虚无，他觉得自己摇摇欲坠，坠入了回忆的梦。他记不起来上次回老家是什么时候了，好像是去年过年的时候，又好像是前年，时间开始混淆，记忆开始模糊，他只是记得那年要返程去上班的时候奶奶抓着他的手怎么都不肯丢，她劝他留下来多待一天，陪她说说话。他却执拗地不肯回头，他说他要赚钱啊不赚钱怎么还房贷车贷啊。他奶奶的目光一下子就黯淡下来了，她年纪大了已经帮不了他了，终究是放手让他走了。

可是如今，他赚了更多的钱，还清了房贷又换了新车子，却再也见不到奶奶了。飞机起飞前，他接到奶奶去世的消息，他在登机的时候泪流满面，像个没人要的孩子。他关掉了手机，在老家待了半个多月，他不说话，也不哭了，只是久久地发呆，陷入空洞的寂静。他加了那么多的班，赚了那么多的钱，可还是没能留住亲人在身边。他越想越难过，他恨自己，也恨那些被他忽视的小时光。

后来，他带着遗憾回到了工作的城市，他不再加班，不再将事业看成人生的唯一出口，他开始陪伴家人，陪着孩子去公园和游乐场，他都已经30多岁的人了，却又一次地成长了。

我们总是说时间会很长，未来的日子那么久，怎么过也过不完。我们被世界推着往前走，要忙着赚钱，忙着实现理想，像个被上了发条的钟表，来来回回地摆荡，画了一圈又一圈，却再也不知道终点在哪里。

我们等得了，那些深爱的人等得了吗？我们能变成一个更好的自己，可是那些深爱的人只会变成更老的呀。小梦和老张恋爱的时候，她不是不知道老张的喜好，她偷偷买给他的钱包，他都高兴了老半天。那时候的小梦也会想，等她赚了钱，赚了更多的钱她要给老张买块万国的表，她要牢牢套住他，可是后来呀，她能买得起那块表，却再也找不到赠予它的人。

失去了心中所爱，再昂贵的礼物又有什么意义呀。

可是我们终究不能明白这些道理，在人生这条路上，跌跌撞撞，不断用人生的遗憾来换去所谓的成长，在白日里刀枪不入，又在深夜里辗转难眠，我们成为了我们自己，也失去了我们自己，这些终究是无法幸免的憾事，可是却再也无法回头。

少年不经事，老来多憾事。

愿每个人在成长的路上都有所得，也有所惜，而不是用遗憾的代价换来无法回头的成长，毕竟，那些遗憾会逐渐变成你心底暗无天日的黑洞，吞噬掉时光，在某个夜深人静的夜晚，忽然发现，原来这些年，除了成长，我们依然是一无所有。

　　毕竟世界这么大，我们每个人都是沧海一粟，不曾看到这个世界全部的模样，又何必局限于一格，刻板教条地打量别人的生活呢?

　　每次失望一次，我就少做一件爱你的事，直到最后备注改成全名，取消特别关注，上线不主动找你、收起你送的东西，删掉你所有的照片，再也不偷偷看你的时候，就是该说再见的时候了。多年后你会不会记得，曾经有一个人很努力的珍惜过你。——失望是一天天积累的，离开是很长的决定。

那些被你看不起的小梦想总会大放光芒

我们生活的世界里，看似一成不变，太阳每天照样从东边升起来，又从西边落下去。我们按部就班地上班，挤公交换地铁还房贷，我们承受生活带来的压力，辛苦赚钱聊以为生。我们以为我们看到的世界就是它本来的模样，讯息都在手机里，可是却不知道世界正在发生天翻地覆的变化，那些曾经听起来都是吹牛逼的话，都悄无声地变成了现实，改变了世界，也改变了我们。

大概在五年以前，马云说要改变中国的支付方式，实现无现金无银行卡的快捷支付，所有的支付都可以通过手机来完成，届时，你出门什么都不需要带，只需要带着手机就够了。

那时候我看到这个新闻觉得是天方夜谭，我还把新闻转给了小伙伴们，我说，马云又开始吹牛逼了。

可是，还没用到五年的时间，我就彻底迈入了无现金无银行卡的支付时代里，用滴滴叫专车，在超市买瓶水都可以用微信支付，甚至在街头看到拉着满车西瓜来卖的瓜农，都在车上挂了纸招牌，接受支付宝和微信付款……

十年前，我在高考结束填志愿的时候，班主任老师还拿出了时下最热门的专业供我们参考，那时候同声传译位居前列，从事该行业的工作者拿着高薪出入各种高端场所，光鲜又靓丽。但是就在前不久，科大讯飞发布了全球首款实时中英互译神器——晓译翻译机，中文进，英文出，瞬间同传，这在某种程度上宣告了同声传译这个职业的消亡。

你看啊，这就是世界。

它瞬息万变，又不会永垂不朽。与其说科技改变世界，还不如说改变世界的是那些曾经被你我嘲弄的小梦想。

三年前，我在旅途中认识了重庆女孩D。她因失恋而患上很严重的抑郁症，跳过楼割过腕吃过安眠药，幸好发现及时，保住了一条命，后来被送进了心理医院做治疗，刚出来不多久。她纤瘦，话也不多，在围炉夜话的时候我们一群人坦露心声聊及梦想，她坐在角落里沉默良久，等大家都说完了，她才默默抬起头，她说她想考心理学的研究生。

我们一群人目瞪口呆，如果不知道她的那些经历，这个梦想不足一提，毕竟考研究生也并不是什么难事。可是当这个梦想出自D身上，我们不得不衡量它的分量。我们嘴上没说，心里还是捏了一把汗，从心理医院治疗出来的患者要去考心理研究生拯救别人？听起来怎么都有些天方夜谭。可尽管如此，我们还是说了些鼓励的话便快速跳过话题，生怕刺激到了她。

后来我们各奔东西，联系渐疏，我们天各一方，已经不记得当年的围炉夜话，可是曾经的微信群最近不知道怎么就被翻了出来，D在群里发了研究生毕业证，她站在大学的门前笑靥如花。她新交了男朋友，比之前好太多。她在群里宣告她实现了梦想，她反问我们："你们的梦想什么时候实现呀？"

我握着手机自愧不如，我都已经忘记了当年的梦想是什么了。

可是D，她那个在我们看来最不可能完成的梦想却超乎意料地变成了现实，无人可挡。

我创业那会儿有个学弟也加入了创业大军，我们都是一无所有，没有资源也没有关系更没有资金，每天为房租、员工工资愁得焦头烂额，大概是因为同病相怜，我们经常在聚在路边摊一起喝酒，交流创业的思路。那时候他的项目做得毫无起色，没有一分钱的进账，每天都要往外贴钱，过得比我还要寒酸落魄，出来一起吃饭我都不敢让他买单。

即使身处困境，他还整天画饼，跟我夸夸其谈他的项目会有多牛逼，每年的市场会有多少亿的存量，未来又将是如何的红海。说到激动时，他端着一次性杯子的手都会抖，啤酒的泡沫溢出来，滴滴答答地落在了桌子上，他说："相信我，我的项目绝对会牛逼，绝对会让你有赚不完的钱。"

天啊，他真是穷疯了，把我当成投资人来做路演了，可我自己就是个穷光蛋，哪有什么钱投给他。每次喝酒喝到一半，我总会劝他，劝他实际一点，不要总是画那么大的饼，先活下去再说，有那么大的存量、未来有多大的红海对一个饿死的人来说又有什么意义呢？脚踏实地地接一些小活儿，先活下去再说。

他尴尬地笑，木讷地点头，然后将杯子里的酒一饮而尽，他脸蛋开始变得潮红，我不知道是不是因为自己的话刺伤了他。

后来我们相聚的次数渐渐少了，每天都要忙着奔波，想方设法地活下去，这个世界本来就残酷得要命，哪有什么时间天天听别人吹牛逼。于是，我们各自被命运推着往前走，有太多的身不由己，也有太多的欲说还休。

熬了大概有半年的时间，学弟忽然在微信上问我在不在，我还以为他要找我借钱，吓得我半天不敢吭声。不多一会儿，他的电话就打了过来，我犹豫了好一会儿，才按了接听键，做好了随时向他吐苦水的准备，我都快要熬不下去了，我哪还有什么钱借给他啊。

他不但没有找我借钱，反而要请我吃饭，我一时间摸不着头脑，问他是不是买彩票中了五百万。他豪爽的笑声传了过来，他说，中五百万的概率太低了，不过拿的金额跟五百万已经相差无几了。他频繁地去见投资人，从郑州跑到上海，又从上海跑北京，来来回回地周转，不停地参加创业路演。他在我这里一遍又一遍地演习，总算派上了用场，取得了实质性的进展，也不知道是他的项目感动了投资人，还是他的个人魅力感动了投资人，天使投资人在讨论之后随即决定投给他480万。

如今，他带着480万的天使投资凯旋，要请我喝酒。我们又回到了路边摊上相聚，我还是那个我，可是学弟已经不再是以前那个学弟了。他意气风华，醉心于他的红海一般的事业里，他豪情万丈，他说，他总算熬了出来。

这下该换我苦闷地喝酒了。

我们被残酷的现实压榨，也被墨守成规的现实洗脑，一成不变地沿着以往的路线爬行着。很多时候，我们已经忘记了生活的初衷，也忘记了活着的意义在哪里，梦想又在哪里。我们褪掉了青涩的模样，变得世故又老套，我们害怕冒险，也害怕身边的人冒险，谁也不知道他们冒险之后究竟是会赢还是输。于是我们奉劝对方保守一点，扎实一点，说得好听点是为对方着想，但是谁也何曾知道，我们内心深处在畏惧，在恐慌，如果对方真的去冒险了，真的实现了 ta 的梦想，那么我们呢？我们的梦想还在吗？

所以我们渐渐变成了世故的"老人"，在任何人的梦想前面都习惯地说 NO，生怕别人变得出类拔萃。

老李最近辞职了，她辞职的原因是想考研。

哪知道这事儿被她家人知道了，她家人各个气得都跺脚，轮流跳出来给她做心理辅导。"你现在已经28了，该找个男人结婚生孩子去，趁着现在还年轻，再晚几年连个要你的男人都没有了""你现在辞了工作去考研，毕业了就能找到比现在更好的工作吗？你这考研的三四年时间里，吃什么喝什么，你有积蓄吗？这些问题你都不过脑子吗？"更有甚者，她爸妈都想把她捆回去重新上班了。

她吓得没办法，只有跑来投奔我。我请她吃饭，她却一口也吃不下，她苦闷地看着我，问我："我就想再去试一次，难道我连试试的机会都没有了吗？难道我28岁了就必须按着别人走过的路子再走一遍吗？我就不能去追一下我的梦想吗？"

那顿饭我们吃得食不知味。她很快就收拾了行李，带着仅有的一万块的积蓄去了北京，在学校周围租了个床铺，白天找地方上自习，晚上埋头苦学。她偶尔也会给我发微信，她说她也会害怕考不上，但是比起考不上，她更害怕自己从一开始就放弃。

我不知道怎么安慰她，只有默默地给她发个红包，嘱咐她要注意身体，别太苦。

她带过去的那一万块钱很快就花完了，北京的消费那么高，交交房租就已经所剩无几了。可她又没法伸手跟家里要，她家人巴不得她弹尽粮绝回头是岸，她才不会那么轻易妥协。于是就跑去申请了几张信用卡，以此度日。

考研成绩出来那一天，她特意给我打了个电话，激动得都快要飞上天了，她说，她的成绩出来了，考得还不错。我问她有没有把这个好消息分享给家人，她淡淡地说一句，没必要，他们也不会为我高兴，甚至还会反问我，考上了又怎么样？

可是，能一样吗？

老李毕业那年已经31了，她还是单身，但是比以前更快乐了。她留在了北京，找到了一份还算不错的工作，一个月的薪资比过去一年赚的都要多。她乐观又开朗，一点都不为未来发愁，她说她下一步想去冻结卵子，活成单身老妖精。

我说好，我支持你。

毕竟对老李来说，敢于去追求自己的梦想，还有什么是不可能的呢？难道一定要随波逐流生完孩子变成黄脸婆？人，总得为了自己的小梦想做点什么，一定要活成别人希望的那个样子把所有的梦想都带进棺材里才算圆满吗？

可能我们卑微又渺小，这样一个小小的你和我，梦想也不可能大到改变世界。但是，它活在我们心里，就该生根发芽长成应有的样子，而不是在它发芽的那一刻拔掉它、浇死它。我们或许不足以改变世界，但一定会改变自己。一个敢于逐梦的人，才更配得上世界的尊重和厚爱。

你不是不行，你只是不愿意坚持

我出第一本书的时候，一不小心就成了学校里的"名人"。很多学弟学妹也不知道怎么就加到了我的 QQ，隔三差五地给我留言向我请教写作相关的问题。末了，他们总会感慨一声："学长，你真是厉害，我好羡慕你，多希望有一天我也能出书啊。"每每此时，我都会鼓励他们，我说："试试看，你们也可以的。"

他们多半坚持了两天，就跑来跟我诉苦："学长啊，这是我写的开头，我觉得自己太糟糕了，每天只能写几百字，还写得那么痛苦，我觉得我快要坚持不下去了。"最后，他们还是会补充一句："真是羡慕你，都出书了。"这次我再也没有说什么鼓励的话，只是笑着接受他们平淡无奇的恭维，扭头就走了。

更扯的，还是在毕业后。公司的领导每次向合作伙伴介绍我的时候，都会说："这是我们公司的青年作家，长得帅，还出过书。"然后，我看见对方瞠目结舌的表情，千古不变，他们默契地端起酒杯要跟我喝酒，放下酒杯跟我握手："我活了大半辈子，总算是见到了活着的作家了。我年轻的时候也很喜欢写东西的，但是没出书，真羡慕你啊。"——这让我相当不舒服。我不舒服的原因不仅仅是因为被动地喝了很多酒，而且，"长得帅""还出过书"成了贴在我身上挥之不去的标签，他们可能会觉得我是因为长得帅才跑去出书，却怎么也看不到我熬夜写稿子，一次又一次失败之后再站起来的信仰与决心。

而那些总是说些羡慕别人的话，又不愿意尝试的年轻人最后都只能一点点地变老，丧失一往直前的勇气和势在必行的决心，活在懊恼的世界里自怨自艾，孤苦伶仃。其实，你不是不行，你只是不愿意坚持。物竞天择，适者生存，原本就是自然界的法则之一。你想要得到的爱情，想要谋取的职位，被多少双眼睛盯着呢，他们哪一个不是夜以继日厮杀在这座独木桥之上，你还幻想着抬抬手臂就能够得着你想要的果子，哪有那么容易的事情啊！

我认识葡萄的时候，她还是个初入职场的小姑娘，她纯粹善良又没有什么心机，在职场处处碰壁，一不小心就踩雷，今天被这个同事陷害背黑锅，明天就要被部门领导以为她是另一个领导派来的卧底和奸细。她成了办公室斗争的牺牲品，处处受排挤，却又迟迟不愿意离职，因为这份工作是家人托关系、好不容易才把她安排进来的，她就这么熬着，每天活得疲惫不已。

她知道我写书，专门从网上买来我出版过的所有作品，拿着书激动不已地找我签名。我们约在公司楼下不远的茶馆里，我进去的时候她正在低头翻书，安静凝神的样子让我迟疑了好一会儿才敲了敲桌子。

"我正在看你写的书呢。"她对我说。

"写得不好，不要看啦。"

"也没有，有些地方也可以写得更好。"她朝我吐了下舌头，"不过，你还是很厉害的，这么年轻都出了好几本书。"

"你也可以试试看，或许你也可以呢。"我鼓励她。

"我不行。"她垂下了脸，"你也知道，我在公司里的那些烂摊子，每天进公司的时候都觉得如临大敌，生不如死。"

"你真的不愿意试试看吗？说不定明日之星就是你呢，未来的事情，只有敢想，敢尝试，敢坚持，才会有未来啊。不然今天过得像昨天，明天过得又像今天，每天过得千篇一律，那种从年初望得见年末的日子在某种程度上确实能给予你一部分安全感，但是年复一年，你真的想这么一直混下去吗？每天过得不开心、闷闷不乐，熬来熬去，等着命运给你希望？"

她像是受到了很大的鼓舞，紧紧地攥着手。

那天之后，葡萄还是那个在职场处处受排挤的葡萄，但是她却找到了新的意义——她开始尝试写作，尝试喜欢的事情以及新的可能性。她下班之后推掉了毫无意义的聚会，关了百无聊赖的综艺节目，也不再躺在床上一边玩手机一边吃零食——她拒绝自甘堕落与平庸，一点点地积攒新的力量。

她经常在晚上十点多钟的时候给我发微信，将写好的稿件发给我看，希望我给她一些意见。我见她这么执着努力，自然很愿意帮她的忙，并教她去看一些杂志的约稿函，尝试着去写小稿件。

她发表第一篇文章的时候激动不已，虽然只拿了一百多块钱的稿费，但是一定要请我吃饭。她说："哥哥，这都是你的功劳啊。"

可我知道，她在拿到这笔稿费之前跌倒了很多次，她熬了很多夜晚，一遍遍地写稿子，一遍遍地被编辑毙掉，又一次次地重新开始，每一个字都是她的心血，每一次的删删减减都是破茧重生。

但是，她没有气馁，也没有用三分钟的热度对待选择的那条路，她跌倒了又爬起来，她知道这条路很苦，她更清楚哪有什么不苦的路啊。

她坚持了那么久，发表的文章也越来越多，她渐渐小有名气，签了新书，拿到合同的那一天她也递交了辞职书。我知道后惊诧不已，我说："那可是你家里费心费力帮你找的工作啊，你就那么舍得丢掉吗？"

她说："我总得去追求新的生活呀，更何况，我的新工作比之前的工资要高一倍还要多，与其跟不喜欢的人为伍，每天都斗来斗去，为什么不试着重新开始呀？"

我忽然觉得，葡萄参悟了人生，彻底成熟了。

跟绝大多数人一样，我以前，甚至在现在的某些时候，我也会觉得自己不行。我读大学的时候拒绝再向家里拿钱，那时候我并没有十足的底气，我生怕自己会妥协，会挨饿，会打破自己给自己定下来的规矩和底线。我在烈日里发过传单，也去餐厅洗过盘子端过菜，后来我去写东西，被编辑一遍遍地退稿子，还被当时的编辑骂成猪，我也曾觉得天昏地暗，日子煎熬，我也曾对自己说，要不就这么放弃吧？

但是，我没有。因为我清楚地知道，一旦我妥协，我选择了放弃，我承认自己不行，那么这辈子，我将永远给自己留一条后路——这条后路就是践踏自己的能力，承认自己就是不如别人而放弃，永远都活在羡慕别人的世界里，再无出头日。

所以，我跌倒了，哪怕摔得鼻青脸肿，我都要爬起来。跑不动的时候我慢慢走，走不动的时候就算爬，我也不能就此认输，我告诉自己，再坚持坚持，哪怕就那么一小会儿，就能看见光看见希望了……

于是，我走到了现在，羡慕过别人，也被别人羡慕过。我付出的那么多的努力，最后都被命运回报给了我。我很难想象，当年如果我选择了放弃，选择了我不行，现在的我会是一番什么样子。

我们在职场摸爬滚打，也曾被人说"你不行"之类的话，被人说的次数了多了，也便潜移默化地自我否定，正中他们的下怀，真的觉得"我不行"了——他们巴不得你早早地自我否定，这样才能不费吹灰之力就能将你扫地出门，以后职位的争取又少了一个强劲对手。可是，他们终究不是你，这个世界上，还有谁比你自己更了解自己的呢？

所以，你不是不行，你只是不愿意尝试，浅尝辄止之后又不愿意坚持，你怎么会行呢？

请不要否定你自己，请坚持一下试试看，你会重新认识你自己，不信试试看？！

你才二十几岁，你那么着急干什么

18岁那年我背井离乡去求学，开学的第一天我就给自己制定了详细的学习方案，进行有效的时间管理：大一的时候要考下英语四级，大二的时候要拿下会计证，大三的时候要考下证券资格从业证，要考注册会计师，还要读多少本书，做多少个读书笔记。我把自己堆砌成了日夜旋转的陀螺，从白天转到晚上，又从晚上转到白天，不敢松懈。

后来我又跑去搞创作，签下第一本书的时候又激动又恐慌。白天跑去上课，晚上缩在宿舍里写稿子，室友们都在玩游戏，偏偏只有我戴着耳机敲文档，敲了一大段又删掉一大段，生怕写得不够好，被人笑话了。

可是，那时候的我还不到20岁啊，却每天都在着急。第一本书出版的时候，我才大二，身边的同学都在享受青春，谈情说爱，没完没了地玩游戏，而我却在着急新书的销量会不会好，于是我每天都会上当当网看读者的评论，又紧张又忐忑。后来我出第二本书还是会着急，着急这本书能不能火起来，会不会有更多的读者记住我。大四的时候我已经出版了两本书，拿了很多奖，可我还是焦虑得睡不着，我怕自己毕业找不到工作……

可我明明才20岁出头，却把自己活成了人到中年的样子。现在回想起来那段日子，只会零星地记得我在室友的鼾声中勤奋耕耘，窗外的天际渐渐泛出鱼肚白，校园宁静得像是还没有醒来。

后来我常想，如果让我重回大学生活，我一定要换一种方式跟它朝夕相处，我要享受睡懒觉时的酣畅淋漓，也要去参加各种活动认识一大堆有意思的人。我还要去谈恋爱，不管结果如何，我都要不管一切地爱一场，无怨无悔。但这一切我都未曾享受过，我那么着急想要功成名就，过早地想要拥有不属于我这个年纪的东西，于是我把自己逼得喘不过气来，我那么着急想拥有的东西真有那么重要吗？

我的同事小森最近每天都是愁眉苦脸，我以为他失恋了，还专门请他喝酒。饭桌上我小心翼翼地问他，跟哪家姑娘分手了？他暗淡的眼神里掠过狐疑，他说："大哥，我连对象都没有，去哪分手啊。"

我操，不早说，害我亏了一顿饭。

我反驳他："那你每天愁眉苦脸地干嘛？"

他说："我愁啊。"

我说："你愁啥，你有啥好愁的？"

他抬起头看了我一眼，苦涩一笑，他说："我赚的工资连房子都买不起，我看不到我的未来在哪里。"

我听完差点没吐出一口老血来。

小森去年才刚刚毕业，就十分顺利地挤进了我们这家公司，业绩做得还算不错，每个月拿的薪资是我刚毕业那会儿的3倍还要多。其他同事拿着同样的薪资，每天都过得各种小资，随随便便买件衣服都要千把块，更别说每天喝星巴克的下午茶吃哈根达斯的冰淇淋了。可他却节省得厉害，很少跟我们一起聚餐，向来都是自己做便当，甚至连水果都舍不得吃。尽管如此，他还每天都叫穷，我都看不下去了，问他钱都花哪里去了。他一筹莫展地看着我，花什么花啊，都要攒起来去买房。

我愣了半天，心疼他，又真的很想踹他两脚。

后来我才知道，小森的着急并不是空穴来风。他从一个小县城来到省会城市，父母都是小职工，并不能给他提供太多的帮助。他若要想在这个城市站住脚跟，就势必要过早地忧虑现状，他逼迫着自己去节省，每天过得压力山大，可收入依然赶不上房价飙升的速度。

我不知道该怎么宽慰他，只能说些"注意身体，毕竟身体是革命本钱"之类的不咸不淡的话。

小森在我们单位干了一年多点就跳槽了。他离职那天我们大伙儿给他饯行，他五味杂陈没怎么说话，女同事们挨个给他敬酒恭喜他水涨船高薪资翻倍，可他却怎么也高兴不起来。那天晚上他喝多了，趴在卫生间里吐，我跑去扶住他，轻轻地拍他的后背。他回头看了我一眼，一脸苦笑，他说："大哥，我要被派到非洲了。"

我愣了老半天，许久之后才缓过神来。

第二天他酒醒了才慢慢跟我道出原委。他说，他面试的时候那家公司问他能不能接受国际派遣，他内心纠结了好一会儿，后来他还是点了点头。入职书和派遣书一并发到了他的邮箱里，可他已经没得选。"谁让我那么想赚钱呢？"他苦笑。

他逼着自己去上进，就为了凑够买房子的钱。

可他才二十出头，又不着急结婚，更没有丈母娘逼着他要房子，却活生生地逼自己去追求生命以外的东西，我不知道这究竟是件好事还是坏事。

相比较小森，小郭就轻松很多。

他是我学长的远房表弟，大学毕业之后就跑来投奔他的大表哥，找了份月薪三千多的工作，一点都不发愁。拿到第一个月的薪资的时候还嚷着要请我们吃饭。我学长心疼他没什么钱，抢着要去买单，却被小郭一把拦住，他板起了脸，十分严肃地说："哥，这是弟弟的小心意，能花几个钱啊。"

我也从中劝他，不要那么浪费，得攒点钱以后买房子娶媳妇。

小郭哈哈地笑了起来，一脸英俊，他说："你们咋跟我妈似得。再说了，我才多大啊，就考虑买房子娶媳妇，我还活不活了我？"

他一个人过得逍遥自在，闲暇的时候就跑去健身打球，把肌肉练得特饱满，像是随时都能撑破衬衣。他还挺文艺，时不时地去看话剧听一场音乐交响曲。因为学长的缘故，我们逐渐熟络。他在这个城市里也没几个朋友，便常跑来跟我们一起玩耍，有时一起喝酒，有时又一起踏青，每一次他都高兴得手足舞蹈，在他身上，我看不到任何忧愁的样子。

偶尔，他也会跑来跟我请教投资，问我最近买了什么股票，有没有关注什么成长型的基金，会不会做债券。我心不在焉地问他："你还有钱做投资啊？"

他朝我翻了个白眼："多学习又不是什么坏事儿。"

我半信半疑，还是将自己的投资方案全盘托出，并推荐他去看几本投资书，他还挺上进，一一买来看，遇见不懂的地方就问我。

可大半年过去了，也没见他投资一分钱。扣掉房租和生活费，他那点工资已经所剩无几了，可他依然把日子过得丰富又饱满，去参加公益活动，又去挑战马拉松，偶尔还去参加个读书会，连我都羡慕他。

后来我问学长，小郭过得这么潇洒自如，家庭条件肯定很好吧。学长白了我一眼，小县城出来的孩子，家庭条件能好到哪里去？

那就不明白了，家庭条件一般的话，小郭咋就过得毫无压力？

有次一起吃晚饭，我实在忍不住了就试探性地问他，每天过得没心没肺是不是吃了女朋友的软饭，被包养了？

他差点就笑出了天际，咧着嘴笑得前俯后仰，他捂住肚子直拍桌子，他说："哥哥呀，你也太看得起我了吧？"

可我就更纳闷了啊，别人都在忧愁房子车子票子，你倒好，啥也不愁，就顾着享受生活了。

他喝干了一口酒，舔了舔唇，他说，"我才23岁，又不是32岁，我愁什么啊愁，我一人吃饱全家不饿，怎么开心怎么来，我现在就愁着养家糊口，32岁的时候愁什么？愁我赚钱的那点钱够不够去看病，够不够我养老？那我42岁呢，52岁呢，是不是该愁着去死了？"

我被他反问得半天没说出话来。

小郭说得嬉皮笑脸，但又很有道理。

我们年纪轻轻就想要事业有成，年薪百万，这不是不可能。但绝大多数的我们都是普罗大众，又不是旷世神童。我们总想着一步到位，却也因噎废食。什么年纪做什么事情，不是没有道理的。

我毕业那年，我表弟刚刚上大学，他给我打电话问我有没有什么兼职可以做。我问他做兼职是为了什么，想锻炼还是想赚钱。他想了想，说想锻炼一下顺便也赚点钱。我问他想要多少钱，用来干什么。他说他想赚点零花钱趁着"五一"出去旅游，我问他要来了银行卡，毫不犹豫地给他打了两千块。我说："那就别去干什么兼职了，好好享受你的大学生活。"

毕竟以后毕业了，你想不去赚钱都不行，何必急于那一时。

更何况，你才二十出头，你那么着急干什么。

难道一定要用健康的代价没日没夜地操劳去换大房子换好车子吗？你消耗了那么多，真正得到了就会觉得知足吗？

起码我没有。如果让我重头来过，我才不要在大学的时候就没玩没了地写作，出一本又一本的书，我不要做那个愁眉苦脸的小森，我要做开开心心的小郭，毕竟拥有的每一天才是真正值得被怀念的。那些被着急催赶的日子，哪有什么珍贵可言。

　　可能我们卑微又渺小，这样一个小小的你和我，梦想也不可能大到改变世界，但是，它活在我们心里，就该生根发芽长成应有的样子，而不是在它发芽的那一刻拔掉它、浇死它，我们或许不足以改变世界，但一定会改变自己。一个敢于逐梦的人，才更配得上世界的尊重和厚爱。

我爱你，这三个字，却也是我这么久以来，永远都说不出口的雷区。它深埋在我的心底，与我朝夕相处，又深埋至死。

你渴望的安全感究竟该来自哪里

你有安全感吗？

你谈恋爱，你在人海茫茫之中邂逅你的缘分，你以为爱情会天长地久生死不离肝胆相照，但是现实好像并不是如此。他总是跟哥们去喝酒，丢你一个人在家；他很晚才回家，他说他在加班；他说他也有很多烦心事，他说你怎么总是这么无理取闹；他不让你看他的手机，打电话的时候故意站到阳台上，拉上阳台的门，你站在客厅里，光束刚好就搭在你的身上，你觉得彷徨又无助，你还会反问自己，自己是不是真的有点不太懂事了？

你上班，你穿梭在人海，被上司冷漠相待，被同事排挤，又被客户尔虞我诈，你熬夜做方案，兢兢业业谈客户签单子，你的年纪渐渐变老，精力越来越不如从前，一波又一波比你年轻、比你学历高、还比你更能拼的帅哥美女成了你的新同事，每个夜深人静，你有没有想过活到这么大，路到底在何方。这么多年用青春用身体呕心沥血打下来的事业究竟换成了多少的安全感？

你租着房子，下班了又没有别的消遣。你工资不高，又舍不得花钱，你说你喜欢一个人呆着。你推掉了不必要的应酬，一个人躺在床上看书看电影，也会默默地发呆。隔壁的小情侣在厨房里做饭弄得噼里啪啦地响，你说他们真是聒噪，每当这个时候你都会想，自己什么时候才能买个小小的房子，自己什么时候才能找到一个喜欢的人？

所以，你真的有安全感吗？

你渴望的安全感究竟该来自于哪里？

在很长的一段时间里，小七总是愁眉苦脸。她跑来跟我吐槽，她说她怀疑她男朋友在外面有了别人。

我瞠目咋舌，问她是不是多心了。他们恩爱有加，前些日子，小七还在朋友圈晒她男朋友送的玫瑰花，99朵，那么大的一束呢。

小七却陷入寂静，良久之后她说："他现在总是加班，不会问我吃饭没有，也不会问我忙不忙，他回家了就睡觉，也不跟我说话，这再明显不过了。"

"有可能他是真的太忙了，又太累了。男人又不是铁打的。"

"我也这样想过，没穷追不舍地问。但是昨天晚上我趁他洗澡的时候悄悄翻他的手机，他把手机密码都换了，这不是有意防着我吗？"

这下，该我陷入寂静了。

那天之后，小七变了。那个活泼开朗的小姑娘不见了，像是一夜之间就变成了侦探，她像个女侦探似地想要抓住对方的蛛丝马迹，她不再笑，变得冷酷又坚决，她看她男朋友就像是在看贼。

她期待着这个"贼"露出破绽，又害怕他露出破绽。

她陷入痛苦和不安，吃不下饭，睡不好觉，精神渐渐萎靡了。

后来她男朋友实在是过不下去了，他头也不回地就分了手，走得干净利落。

小七像是打赢了一场胜仗，她说："我就说他在外面有人了吧，这个世界上还有什么比女人的第六感更灵敏准确的？你们看他最后走得多坚决，一点都不拖泥带水。"她说完就抱头痛哭，她打了胜仗，可还是溃不成军。

她消沉了一个星期以后，又想跑去求合。我们都劝她，不要再折腾了，是你的你赶都赶不走，不是你的，你追也追不上。她不听，她说，"是我的问题，对不对？一定是我把他管得太紧了，我太没安全感了太想一个人占有他了。"

我们拦不住她，只能由着她去碰壁。她低声下气委曲求全，还是没能把他拉回来。她碰得鼻青脸肿，落个遍体鳞伤。她跑来跟我们喝酒，她无力地问我们："我究竟是错在了哪里？"

小七错了吗？她没有。爱情里哪有什么对错，我们奋不顾身地去爱一个人，用我们能给予对方的最好的方式来爱对方，在这场爱情的战役里，我们倾其所有，我们没有退路。

爱情没有对错，却有输赢。谁在感情中下的赌注越大，付出的越多，并不是代表就是最终的赢家。我们爱对方的时候却忘记了爱自己，我们在对方身上付出了那么多的心血，我们也希望对方以同样的心血回馈于我们，一旦对方没有，我们就会陷入失落，陷入彷徨，我们会扪心自问，是不是自己做得不够好，是不是对方喜欢上了别人？

这种主观性的偏见一步步地带我们走向了深渊，万劫不复。后来我们把所有的责任都推给了安全感，我们一个人的时候没有安全感，我们谈恋爱的时候也没有安全感。我们希望对方能给我们安全感，可是安全感这东西，对方真的能给得了吗？

我不止一次地听人提起："安全感这东西，你得自己给自己，别人谁也给不了你。"这句话说得坚决又没有回路，我承认在绝大多数的时候，它是对的。

有的人靠赚钱来获取安全感，有的人靠努力学习成就自己获取安全感，还有的人像小七一样靠爱情来获取安全感，一旦他们所依赖的"高楼"轰然倒塌，那么他们也就陷入无所依靠的迷茫之中，唯独那个将安全感建立在自身之上的人能逃出困局，重获新生——正是因为这种自给自足的安全感，他们才能立于这天地之间，活成自己想要的样子。

可是，在绝大多的时候，安全感又是相对的。比如小七在恋爱的时候，她没有给自己安全感，她的前男友也没有给她应有的安全感——他改了手机密码，他不跟她交流，他不再像以前那么关心她，在某种程度上，他也一手导演了结局。

所以，姑娘们，你们明白了吗？

你去谈恋爱，你未必一定要为了对方的喜好完全改变你自己，你会有缺点，你可以改善它，变得更好，但是不要忘记了，你还有优点，你更要发挥你的优点，先爱自己，再去爱别人，也正是因为你爱自己，你才会源源不断地获取自身上的那种安全感，就算有一天你们分手各奔东西，你也不至于土崩瓦解，支离破碎。爱人七分就够了，剩下的三分用来爱自己。

你去上班，更不必杞人忧天总是问自己以后的路在哪里，你提升自己，多学习，多铸造，你迟早会成为业务精英，被猎头挖，你还会担心自己没有安全感吗？

当你自给自足了这一切，你会发现爱也一样，是给予，不是索取。对方给不了你安全感没关系，你自己给自己就足够了。但是如果对方给不了你安全感，还不想给你安全感——改了手机密码，不跟你掏心掏肺，那你大可一脚踹了他，你活成了自己的女王，谁还稀罕一个没用的太监来提鞋？

你以为你离成功更远了，其实你没有

在我所有的大学同学里，阿乐算得上是为数不多跟我走得比较近的同学之一。大学毕业的这么多年里，在和绝大多数同学都仅仅维持着"我要结婚了，邀请你来喝喜酒啊"以及"我生宝宝了，你赶紧来喝满月酒啊"之类的"红包关系"，还有那么一小撮的同学偶尔还会互相问候，彼此关照，比如我曾说过的老王，再比如阿乐。

大概是因为物以类聚人以群分，我和阿乐都是同学中混得不尽人意的那一类，我们多少有点惺惺相惜，至少我们在交流的过程中，不会从心理上觉得对方高人一等或者低人一等，我们混得都很差，都没有什么可以拿来吹牛逼的资本和故事，谁都用不着看不起谁。我们平起平坐，用不着看人眼色，听人说些中伤人的话。

所以每次同学聚会的时候，我们都会心照不宣地给对方打电话，问对方去不去。如果对方不去，那么自己也几乎不会去的。和那么一群人相聚一堂听他们这些年的"丰功伟业"的故事有什么意思，又跟自己没什么关系，精彩之处笑也不是，不笑也不是，得多闷啊。

但是，只要我和阿乐两个人中有一人前行，另一个人也会紧跟其后，就像在一群成功人士中总算是找到了另一个跟自己一样失败的人，整个场面的成功度因为我们这些不成功人士的加入而稍有降低，你们这些成功人士也用不着鄙夷我这么一个人失败人士，反正还有跟我一样的，我有什么好顾虑的。

大概就是因为得益于这种"庸人自扰"的心理，我和阿乐才在每次的同学聚会中昂头挺胸——反正在彼此的眼里，我们大概都是对方的参照物，所谓"比上不足比下有余"也不过如此吧。

实事求是地讲，阿乐混得要比我好得多，至少在某种程度上来说，是这样的。他在过去的两年里买了房子又结了婚，虽然婚后一直未能同处一城，但起码心里有了个伴，不管走到了哪里，遇见了什么困难，还是有一个叫"家"的地方等他归来。

他最大的忧愁在于他的工作。他不止一次跟我表达他想换工作的想法，他困于现实，觉得每天都是碌碌无为，又看不到希望。他问我有没有合适的机会，要么能赚钱，要么能看到未来的希望。

我跟他开玩笑，我说："你问错了人，你应该问我们同学中的那些成功人士。"

每当这个时候，我们都会不约而同地发笑，又心酸，又苦楚。

他已经徘徊在30岁的边缘，到了这个年纪，岁月的残酷无情开始崭露头角，它不留余地击碎你层层堆砌起来的梦，用白天和黑夜染白你的头发，用皱纹割破你的脸，你没了青涩又不够老练，你没了活力又不够沉稳，趁你不注意，它还会悄悄偷走你的身材，丢给你一层游泳圈。

你瞧，这就是岁月的残酷，更残酷的是，我们徘徊在其中，越来越难找到出路。

所以，我和阿乐一样，每天都在发愁，发愁怎么才能签下单子，什么时候才能找到赚钱的路子。以前我们视金钱如粪土，觉得人生怎么可以掉进钱眼里，怎么可以散发那么铜臭的味道。如今，我们被生活牵着鼻子走，被越来越大的压力压得喘不过气，我们要买房子结婚，要养孩子上学，要给父母养老，我们害怕任何可能性的意外——哪怕一个小小的意外，都会让我们过去几年积攒起来的财富重归于零。

我们就这么迷茫地活着，又这么忧愁地焦虑着。人生少了快乐，又多了一声叹息。

后来他总算下定决心辞职了。

他犹豫了好久，只剩下给我打电话了，可能他想从我这里得到某些参照，又或者他想听一听我的鼓励——毕竟我们能交流的朋友已经少之又少了。

他苦笑地问我："我真觉得我过去那六七年白白浪费了，没能学成一技之长，又拿不下脸皮再去跑销售，我投简历，好点的公司都不回复我，小公司干不了几年就会倒闭，又要重新换地方，你说到四十岁的时候我们会不会也沦落下岗职工啊。"

我说："怎么会呢，至少你现在从温水里面跳了出来，你要想想还有很多人都在温水中泡着，成为被煮的青蛙。"

他忽然就变得寂静了，沉默了很长的一段时间，他才无限感慨地说："我也不知道这个决定对不对，我刚辞掉的那份工作，一个月到手至少有6000块，我现在要入职的工作底薪只有2800，2800够干个啥？连房贷都不够还，更别说我还要租房子还要吃饭，还要攒钱生孩子，说实话，我现在连孩子都不敢想，我觉得我连自己都养不活了，还怎么养孩子啊。可能也正是这种巨大的压力推着我赶紧跳出来，我在那份工作里实在看不到希望，我每天6点起床，8点到公司，晚上8点的时候才到家，周六还得上半天班，我找不到我生活的意义，更看不到我生活的希望。可我又很怕，怕现在这份工作做不好，你说我到时候会不会很惨？"

"你别这么想，"我宽慰他，"你该想想你已经没有退路了，现在这条路子是你最后的那条路，所以，这条路你一定要走好，你不要想着你做不好怎么办，你已经没得选了，你所能做的就是你想方设法地把它做好，一点点站稳脚跟。"

"我知道。"他长长地叹了口气，他又重复了一遍，"我知道。"

我们都知道。

我们抛弃了舒适区，重新迈入残酷的现实，跟比我们更年轻、工资要求比我们更低的毕业生抢饭碗，他们更能吃苦，也不会那么看重面子，不像我们这么多年的摸滚打爬之后开始要面子，但是他们永远都比不过我们的就是——到了这个年纪，工作对我们来说，不仅仅是工作，更是这些年的煞费苦心、苦苦煎熬的事业，他们做得不开心可以随时换掉，另谋一份，而我们却不会——一旦选定，必定会死磕到底。

因为，我们不仅仅是为了那点工资，也不仅仅为了所谓的面子，更多的时候，我们为的是这人到中年的执着与坚定，是为了点燃余生以寻得目的地。

所以，我们焦虑，迷茫，又苦不堪言，我们以为我们离成功越来越远了，我们将变得越来越庸俗，越来越沉沦，其实我们没有。

从我们决定改变的那一刻起，我们就该清楚，我们会看到星星之火，我们也会看到燎原的盛世。

相比较阿乐而言，姚总的现状更令我担忧。他是名校的研究生，早些年在跨国公司混得如鱼得水，后来跑去做餐饮，自己当了小老板。我刚创业那会儿，因朋友的介绍而结识，姚总还给过我橄榄枝——把他那边的项目外包给了我来做，从某种程度上来说，当时不是我帮他，而是他帮了我。

我这个人内敛又不善于交际，但是我却记恩，别人对我的好，哪怕一点一滴的，我都会记在心里面。所以，姚总帮过我，自始至终，我都会把这件事放在心里面，成为彼此肝胆相照的交情。

后来经济形势不好，我的创业项目一直都签不了单子，我越来越焦虑，也越来越迷茫，总不能一直这么坐吃山空，苦于无路，我关了公司，加入人海重新找工作。哪想到，没过多久，姚总面临和我一样的处境，他的餐饮一直火不起来，房租的压力越来越大，人力成本越来越高，他在种种艰难的决选之下走途无路，转让了门店。

可他跟我又不一样，他已经趋近40，人到中年，被生活羁绊，又很难抹下面子从零开始，他毕竟积攒了那么多年，做了那么多年的老板。

有段时间，他的音讯全无，我看不到他更新朋友圈，也看不到他的踪迹，后来我才知道他埋头找路子，想要重整旗鼓。

还是感谢朋友圈，让我知道了他跑去做培训。我们约着见面，他穿着培训的工作服，看着更年轻了。我跟他问好，我说："姚总，好久不见了。"

他摆摆手："什么姚总不姚总，我也就是个打工的。"

可在我心里，他还是那个姚总，那个给我抛过橄榄枝的姚总。

我们去楼下的茶饮店，喝十块钱一杯的茶饮，他有些不好意思地看着我说："招待不周。"

"说哪里的话。"我说。

他这才跟我娓娓道来他这两年的经历。餐馆关门之后的很长的一段时间里，他在找路子。他想过跑保险，也想过弄个小店重新开始，但都被自己一个个地否决了。夜深人静的时候，他看着身边熟睡的老婆和孩子，也会辗转难眠。他一遍遍地问自己，难道这辈子就这么完了？难道就真的这么与成功渐行渐远，再也无法靠岸了吗？

他不甘心，也不轻易服输。他做行业调查，研究行业细分。最后他选中了培训行业，将近40岁的他做了最基层的培训工作，一个月拿着2000多块的工资，他跟我开玩笑："我好歹也曾经是个小老板，拿的工资连以前给服务员开的都没有，也挺难为情的。"

我不知道该怎么安慰他，只是大口地喝了口冰茶，茶水滚进肚子里，真凉。

他抛下了面子，连车都不敢开了，他说工资都不够油钱，能省就省了。他很早起床，挤地铁赶公交，他摸爬滚打了大半年，跳去了更好的平台。

"我餐馆关门的时候，我苦闷极了，我心想我这辈子算是完蛋了，但是结果并没有，只要不死，早晚还是有翻盘再来的机会。"他跟我说笑，风轻云淡，眼睛里闪动着光。

我又喝了口茶饮，我说，是。

我们都曾历经失败，我们也都被现实打得鼻青脸肿，我们以为"成功"两个字已经成了网络的代名词，离我们遥远得再也无法触及。

我们迷茫又难过，整天过得惴惴不安，我们活成了清水煮青蛙，很多人都知道自己活在其中，却很少有人敢跳出来。

前段时间，我刚好路过阿乐工作的社区，我跑去见了他一面，他忙得连跟我说话的时间都没有，不停地整理客户资料，填写档案，身上丝毫看不出来委靡之气。

我看着他忙活了一个多小时，准备离开的时候，他一把拉住我，要请我吃饭。他举了举他刚刚整理的那些档案，得意地问我："知道这些是什么吗？"

我被他问得一头雾水："不就是个档案吗，还能是什么？"

他摇了摇脑袋："这才不仅仅是档案呢，这些都是准客户，都是可能签下来的大单子，都是钱啊。"

我噗地一声就笑了，我说："阿乐，你掉进钱眼里了？"

他说，"不，我真正找到了我人生的路，所谓迷途而知返，说的就是我的现状吧。还是得感谢你，感谢你鼓励我走出来，也感谢你灌了我一大碗鸡汤，今天我不给你灌鸡汤，我请你喝酒。"

我点头，我说好。

但是，我想告诉他，我灌给他的那些真的不是鸡汤——那都是我这些年跌倒了又站起来的经验之谈。我们每个人都会想要成功，想要梦想成真，可是我们每一个人都会历经挫折，被现实折腾得面目全非，于是我们陷入苦恼、绝望，觉得人生看不到希望。

我们以为离成功越来越远，我们以为此生将碌碌无为再也不可能发光。

但是，请别着急，也请千万不要灰心，当你陷入困境，当你觉得疲惫不堪，当你觉得生不如死的时候，都将是你离成功越来越近的时候，所谓凤凰涅槃，总得吃些苦头，才会珍惜来之不易的成功。

所以，今天你困苦，你迷茫，你觉得人生无光，又困难重重，你想要放弃，请你整理整理思路，重整旗鼓，再坚持坚持，因为你离成功真的越来越近了。

职场上的那些事儿

坦白讲，我并不是很愿意聊职场。

如果有可能，我更愿意做一个专职作家，在城市的大街小巷中游走，在乡村中寻找宁静，在山川之中思考，我眷恋这个世界的美，又不得不屈服于命运的残酷，受困于现实，按部就班地在职场中来往。我受过委屈，也经历过很多不开心的事情，曾经的玻璃心被现实摔碎，又被我缝缝补补，如今早就沧桑尽显。此刻，我在文档上敲下"职场"两个字的时候，总觉得这些年过得恍然如梦。

如果一定要让我用一个词来形容职场，非"心累"莫属。其实，人生最怕的就是心累吧，谈恋爱的时候怕心累，交朋友的时候也怕心累，做工作的时候也如此。那些曾经熊熊燃烧的激情和憧憬，在日复一日的压榨之中变得面无表情。后来，游走于世界的我们，跟行尸走肉已经没有什么差别了。

臧克家先生曾说过，有的人死了，他还活着。

如今，有的人25岁的时候就死了，只是到了75岁才埋。

我已经27岁了，我想我大概已经死了3年了吧。

同样死了3年之久的还有小陆。她跟我一同毕业，一同迈入工作的队伍。我还记得她刚刚拿到 offer 时激动不已的样子，她兴冲冲地给我打电话，要请我吃大餐。

我还真就去了，我们肩并肩去吃35块每位的自助烧烤，她不停地端来装着各种肉食的小盘子，大有一副不吃回本誓不作休的样子。她跟我聊她的工作，聊她每个月拿着1500实习工资背后的远大理想。她说她的偶像是董明珠，她说，她迟早会成为一个像她一样的女强人。

为此，她拼命加班，虚心学习，她甚至连男朋友都不敢谈，因为她实在没有时间去约会。她几乎不逛街，衣柜里除了职业装还是职业装，她不知道潮流在哪里，不看娱乐八卦，所以她甚至不知道谁是赵丽颖。

可她知道方案怎么做，知道策划怎么写，知道产品怎么卖啊。她曾为了拿一个项目，连续加班了一整个星期，吃住都在公司里，迫不得已的时候跑公司附近的酒店里开个房间洗个澡，然后重新奋斗，至死方休。

她明明是个女人，却活成了男人的样子。

可是，尽管如此，她依然是公司的"新人"，晋升的时候没有她，涨工资的时候也没有她，反倒是端茶倒水之类的提供服务的名单上一准儿能瞅见她的名字。今儿张总让她去跟项目，明儿李总让她去做方案，后天王总自然就会把报销单丢在她的桌子上让她贴票据。她日以继夜取得的那些成绩都写着别人的名字，她对事业报以热情，却被浇了一盆冷水。

后来，她燃烧起来的激情被惨淡的现实一点点地扑灭，她跑来跟我说，她要跳槽。

我说好。

她能力又不差，很快就跳去了一个更好的公司，工资翻了好几倍，她又重新点燃了工作的热情，没心没肺地投入职场中。可她毕竟是单纯又活泼的小姑娘，对同事没有那么多的戒备之心，自然而然地就掏心掏肺起来。

没多久，她就从其他同事口中听到了一些闲言碎语，说她是靠关系上位，说她为了拿项目做业绩不惜去陪酒陪睡。这话传到她耳朵里，她像是没魂似的就愣住了，很久都没有缓过神来。

她坐在工位上，仔细盘点这些留言究竟是谁传出来的，她看旁边的小孟，又看了看后边的老史，都看不出来什么端倪。小陆给我打电话，她说，"你知道这个世界最可怕的是什么吗？是人心。你看不穿、摸不透，甚至都不知道自己身边坐着的同事究竟是一副什么样子的面容。"

也就是从那个时候起，她变得不苟言笑，也不再跟同事们掏心掏肺。她说，不要总是掏心掏肺给别人，别人又不吃内脏，何必呢。

她说话的样子冷淡又沧桑，在她身上，我再也看不到当初那个激情四射的小姑娘的模样了。

没过多久，她又跳槽了，去了家国际大公司。她不再像个男人一样工作，她开始化妆，头时尚的衣服，我们还会一起吃饭，只是再也没去过35块每位的自助烧烤店。如今她仪态万千地坐在我对面，随随便便开瓶酒都上千块，她不再吃肉，只吃很少的水果沙拉，她跟我说，她真的累了。

她就那么窝在柔弱的沙发上，灯光柔软又迷恋，她说："鬼知道我这些年都经历了什么。我为了拿项目，迫不得已去跟对方喝酒，你都不知道他们都是什么人，把一次性杯子倒满酒，然后对我说，'喝一杯就给你做一百万的业绩。'"

"去他妈的一百万，我又不是来卖的。但是我不能说，我又不是董明珠，我哪有这番底气，我得喝。于是我逼着自己喝了一杯又一杯，喝完了我就跑卫生间抠自己的喉咙，我要把酒吐出来，不然我喝醉了该怎么办啊，我又没有什么依靠。"她说着，泪水早已斑驳。

我不知道该怎么安慰她，就像很多时候我不知道该怎么安慰我自己一样。我们中的绝大多数都是普通人，没有什么强大的关系网让我们尽情享受人生。我们单枪匹马闯荡江湖，谁又不曾挨过刀子受过暗箭，谁又不曾在孤独的夜里哭泣人生，在心里一遍又一遍地骂领导是混蛋客户是傻逼，不停地叫嚣着要辞职，但是那又怎样，天一亮不还是照旧去面对。

我记得我弟弟刚毕业那年找不到合适的工作，他窝在家里整天打游戏，过得苦闷又寡言少语。后来他找到了份销售的工作，每天都出去跑业务，那还算是夏天，每天中午都是骑着自行车来回穿梭，回到家里的时候衣服都是湿漉漉的。我妈妈一边帮他洗衣服一边流眼泪，她多次跟我提起，希望我能拉他一把。但都被我拒绝了，我帮不了他，能帮他的只有他自己，只有经历过这些惨淡而又绝望的人生，在充满激情的职场里一次次地摔倒，再一次次地站起来，才会明白奋斗的意义在哪里。

好在，他总算是熬了过来。如今他带着团队，自然忘不了很多年前，他为了去找客户，在公园里发传单的样子，也忘不了这些苦背后换来的那么一点点甜。

你瞧，我们终究会变得圆滑世故，被职场的老人骂过，也会变成职场的老人去骂别人。我们憎恶职场上的老油条，却又悄无声息地变成了这类人。那些意气风华和无限激情终究变成了昨日黄花，深深埋进了记忆深处。

我们在职场跌倒，在艰难的日子自我拥抱，可我们终究还是要面对，面对这笑容背后的暗箭伤人，面对一遍遍的修改方案，面对将我们骂成傻逼的领导。不要憎恶，也不用着急，这些人生的修炼，一定会助你找到更好的方向，成为更好的自己。

当然了，我并不是劝你要低声下气，也不是要劝你卧薪尝胆忍辱负重。我更希望你能如这世界一样，长成坚强又自信的样子，不管风多大、雨多大，总能看到阳光和彩虹。

所以，请坦然面对职场上的那些小伎俩吧，有人会给你穿小鞋，也会有人给在你背后指指点点，将艰难的、在他们看来是负担的工作抛给你，不用怕，你迟早会变得比他们更强大，然后将他们狠狠地甩在身后。

你会看见阴霾之后的阳光，也会看到困境之后的自己，总有一天你会豁然开朗，在25岁死掉直到75岁才埋的那个人不会是你，你经历过的人生远远是他们望之莫及的珠穆朗玛峰。

　　我们终究不能明白这些道理，在人生这条路上，跌跌撞撞，不断用人生的遗憾来换去所谓的成长，在白日里刀枪不入，又在深夜里辗转难眠，我们成为了我们自己，也失去了我们自己，这些终究是无法幸免的憾事，可是却再也无法回头。

　　也可能还是在某个深夜，有一场促膝长谈的交流，碰撞出闪烁的光芒。但是这一次，她或许会重新认识自己，重新拥抱黑夜里的那团光，并被那团光所指引着寻找更好的人生。

时间会让你
遇见对的人

出走前半生

这篇文章写在父亲节，可我却没有给父亲打电话。自小到大这么多年来，我从来都没有给父亲过过父亲节。

我很少在别人面前提及我的家庭，它成了我深深的软肋，封锁了我的过去，也在某种程度上禁锢了我可能的未来。后来我大学毕业，我迫不及待地想要摆脱这一切的束缚，我拿着我的毕业证逃离去了北京，也去了深圳。我在陌生的城市里穿越人潮，我在租过来的很小的由阳台改造出来的出租屋里自我温暖，我想改变过去那些年贫瘠的岁月带给我的创伤，我想变成一个新的自我——一个跟你们一样自信又乐观的自我。尽管这么多年过去了，我变得比以前更勇敢，也更自信，可是我知道，我心里有一个小小的地方，依然藏着我这么多年来的胆怯和不安。

我去北京那天刚好是我的生日，阴历生日。

那时候刚刚过完年，我拖着行李头也不回地踏上了北京的列车，硬座，12个小时，从黑夜到白天，身边的旅客打着呼噜酣睡了一夜，我却一点困意都没有。那一年，我22岁，除了出了两本书，没有一样拿得出手的成绩，我觉得自己就像一张白纸，没有闪光点，或许只能沦为打印复印的工具。

那应该是我人生以来的第一次去北京，第一次见证到首都的精神面貌和高楼耸立，也第一次感受到作为边缘人的自己无法融入这座城市的悲壮。我没来得及去瞻仰故宫，也没来得及去拜访天安门，就提着我的行李箱去了实习的单位报告了。

我实习的单位是个小的图书出版公司，公司的地址在回龙观。老板很厚道，专程跑去火车站接我。和我一同进去实习的还有个小姑娘，画插画。在得知我刚来北京、连个落脚的地方都没有时，她自告奋勇地陪我一起找房子。于是，下班之后我们两个就拖着我厚重的行李箱在公司附近的破旧的小区里，挨个给墙壁上贴出来的租房信息打电话。

天色渐渐暗淡，马路边的灯悄无声息地亮了起来。我们一无所获，打通的租房电话要么已经租出了，要么就是租金太高、超过了我的承受范围。那时候的我刚毕业，一个月拿3000块的实习工资，穷得连吃顿肉都要犹豫一上午。

我父亲就是这个时候打来了电话。

他问，"吃饭了没有？"

我说："没有。"

他说："怎么还没吃呢？都已经八点多了。"

我回他："还在找房子。"

他的声音暗淡了下去，过了好一会儿才缓过劲儿来："今天是你生日。"

我说我知道我还要找房子，就匆匆挂掉了电话。街道太喧嚣，行人太密集，过不过生日、有没有吃饭对于当时的我还重要吗？我都快要流落街头了。

也算是老天眷顾。晚上九点多的时候，我总算找到了一间小屋子，在顶楼，是由阳台改造出来的小单间，三面都是窗户，面积小得只能放得下一张单人床，每个月的租金要800块。

可是尽管如此，我还是满心欢喜，至少今晚不用流落街头了呀。

我将陪我找房子的小姑娘送到了小区门口，再折回去的时候竟然找不到自己租住的房子到底是哪个楼，小区很大，我轻而易举地就走丢了，后来不得不给房东打电话才找到回去的路。

那时候的北京依然很冷，入夜以后冻得人直哆嗦，冷风又呼啸磅礴，将我三面都是窗户的小小的出租房拍打得啪啪作响，我无时无刻都担心着我的房间会被风吹走。我太累了，裹着被子就沉沉睡了过去。那天晚上我还做了一夜的噩梦，梦见自己流落街头无家可归。我又难过又悲伤，眼泪把枕头都弄湿了。模模糊糊中我又想到我摇摇欲坠的小房子，吓得立马就醒了，所幸，我的小房子没有被风吹走，我还安然无恙地躺在这个小小的房间，怀抱着大大的梦想，迎来了朝阳。

我在北京算是安顿了下来。

为了省钱，我买了厨具自己做饭。每个周末，我都会坐半个小时的公交车，去回龙观稍微繁华的永辉超市买菜。我挤在一群老头老太太的身后，排着队买打折的蔬菜和水果，然后再提着一个星期的口粮返回住处。甚至后来有一度，我看到了永辉超市的招牌就会觉得心里的某个地方找到了归属。

我从很小的时候就学会了做饭，这大概是我所在的这种家庭教给我的最大的本领了。有一年我回去给奶奶祝寿，我小姑姑还自嘲，她说她的孩子都会做饭了，以后能自己做饭自己吃了，也不至于饿死了。那一年她查出了肾衰竭，我小表弟才十岁，我听着好难过，悄悄背过身子抹眼泪。

也正是因为得益于好手艺，我和其他租户成了关系还算不错的朋友，比如小梅。某天早上，我在楼下公用厨房里做早饭——炒米饭，小梅刚刚起床，睡眼惺忪地跑去厨房刷牙，闻到我做的炒米，她由衷地感叹了声，"好香啊"！我分了一半炒米给她，她有些不好意思地问我："你确定你自己的够吃吗？"

我回她，当然了。

我当然不够吃了，但是跟人分享本身也是一件快乐的事情啊。

吃过我做的炒米之后的小梅对我的厨艺念念不忘，她还专门买了些水果零食之类的给我，作为谢意。我不过就是分给了她半碗炒饭而已，哪里受得起她送给我的这些零食。为了回谢她，我每次做饭都有意多做些，邀请她一起吃。小梅倒也不客气，很快就和我打成了一片。

那成了我为数不多的安宁岁月之一。我们连同其他单身的租户结伴吃饭，我负责做菜，有人负责洗碗，然后我们一起散步，看夕阳西下。在这个陌生而又繁华的大都市，我们一样的卑微，却又一样地彼此温暖，漂泊着的我们成为了彼此为数不多的精神支柱。

后来，尽管我们分道扬镳天各一方，我和小梅也成了很要好的朋友。她在教会里遇见了一个心仪的男孩，送他第一份礼物的时候还很纠结地跑来询问我的建议，送钱包太老套，送腰带又怕对方觉得自己太主动，我哪能给她什么建议啊。

我问她，是不是真的喜欢他。

她回我，有那么一点点的心动吧。

所幸，他们的第一次约会还算顺利。小梅激动不已地给我打电话，讲述他们约会的小细节，甜蜜又快乐。真好！

没过多久，他们就走到了一起。小梅开始学着我的样子下厨房烧菜，她把烧好的菜拍照片发给我，我还没回她，她就自顾自地自我嫌弃起来："太难吃了，连我自己都吃不下去，你说他会不会因为我不会做饭而跟我分手啊？"

我啼笑皆非。

不过，我的逃离计划并没有坚持很久，它很快就在无休止的电话"劝导"中土崩瓦解了。我父母以及祖父母开始轮番上阵给我打电话劝导我离开北京，可是，他们又不能给我提供更好的机会，也不曾来看望过我究竟过的是什么样子的生活。传统的观念在他们的思想里成了禁锢的教条主义，他们一个劲地担心我独自一人在外地无所依靠，生病了又无人照顾诸如此类的小事，说得好像我离开了北京就能生有所依了似的。

不过，我最终还是妥协了，我实在是受不了他们在电话里带着哭腔一样的哀求和胁迫。我离开了北京，回到了我读大学的城市，我找到了一份财经记者的工作，一样是租房子，只是花一样的房租住的却不再是由阳台改造出来的小房子了。

我的家人总算是心满意足地舒了口气，我照旧是生无所依，可他们却再也不曾念叨了，至少在他们看来，我离他们的距离更近了，可是他们哪里会知道，我离我想要的梦想却更远了。

我勤勉工作，努力上进。我多了自信，也学会了左右逢源，八面玲珑。我参加各种场合的商务洽谈，初次见面的同行和合作方都觉得我肯定有很好的家庭教育。

可实际上，我并没有。

我在父母的无休止的争吵和搏斗中长大，直到今日，脑海里还残留着他们相互厮杀的画面，锅碗瓢盆碰撞在地，划破了我幼小的心灵。

我12岁那年就开始读寄宿学校，拥挤在20多个人的小房间里，那群不谙世事的小室友们懒得要死，随手就能将洗脚水泼在宿舍的地板上，小小的宿舍里水面深得都能养小鱼了。晚上谁的被子要是不小心掉地上了那就比尿床还要惨。但尽管如此，我还是会觉得庆幸，至少我不用再面对家庭的纷争，那种纷争，我真的是怕了。

这些年，我经历越来越多的事情，渐渐成长，我慢慢意识到原生家庭对我造成的不可磨灭的伤害和影响，我自卑，悲观，又胆怯，我挫败了我的人生，丢失了简单的小快乐。

我弟弟也如我一样，甚至比我更多了暴戾之气。

他在自己的新婚之夜，和他媳妇在新房里闹得你死我活天崩地裂，我母亲和奶奶哭得声音沙哑，我站在楼下的草坪里，看到了我父亲无奈又悲壮的眼神，然后我默默地点燃了一支烟。

你看，这就是我们这样家庭长大的孩子，在支离破碎的家庭里继承了少年老成的暮色，没有快乐，没有自信，也没有勇气，我们真的成了那些复印纸，从一开始的时候就印刷留存了家庭的烙印。《欢乐颂》热播的时候，网络上很多人都对樊胜美的家庭嗤之以鼻，在很大多数的观众眼里，这世界怎么还会有这样的家庭，这世界怎么还会有这样子的父母？

可是，这些为樊胜美打抱不平的观众们又哪里知道，他们自己又何尝不是也在潜移默化地践行着类似樊胜美家庭的烙印，只是没有令人憎恶到千夫所指的程度而已。

有天中午，我跟同事结伴吃饭，其中一个叫小南的姑娘跟我探讨樊胜美的家庭。房价大幅度拉升那会儿她出手买了房子，但是一半的首付款都是借的，她也曾跟我借过，但是我哪有什么积蓄，实在是帮不了她。如今她一边还着房贷一边又还着外债，倍感生活艰辛。曾有一度我们颇有生活的压力，实在是入不敷出，还曾结伴去银行办信用贷，银行拒绝了我们的申请，因为我们不足以提供牢靠的抵押物。回去的路上我们快快地吐槽，有牢靠的抵押物，我们还去办什么信用贷啊！阳光打在脸上，一阵灼烧。她由衷地感叹，我们的父母没有樊胜美父母那么奇葩，但是我们身处的家庭又跟她相差有多少呢？危难之际，也不见得我们就能拿得出来两万块钱。

我悻悻地听着，却又不敢多说一句话，他们时常说我的观点太悲观，每一句话都是毒鸡汤，可是我也能戴上面具夸一下你真美这样浮夸的话啊。

如果樊胜美不曾经历这样的人生，她大概也会变成那个把所有希望都寄托在自己身上，而不是寄托在别人身上的独立女性吧？！

后来我辞了工作要去创业，我的家人诚惶诚恐，他们怎么都不理解，一遍接着一遍地给我洗脑：老老实实地干着一份工作领着一份还算不错的工资不好吗？

我没法跟他们聊梦想，也没办法告诉他们我的窘迫和压力。我变得和他们一样——言语成了利剑，互相伤害。我反问他们，我说："靠工资我买不起房子，我不去试一试，你们会拿钱给我买房子吗？"

他们彻底不再阻挠我了，因为他们拿不起买房子的钱。

我说的是事实，却又很愧疚，觉得自己伤害了他们，为此自我埋怨了好几天。

唯独我父亲，却从一开始的时候就没有阻挠我。他曾有段时间想要去拿某个空调品牌的代理权，在我们老家的城市经营一份牢固的生意。全家上下无人支持，因为大家都觉得失败的可能性太大了，他这个年纪，上有老下有小，他输不起。

可是，我选择了支持他。尽管我也一样觉得成功的可能性很小，但这毕竟是他特别想做的事情啊。我跟他通了电话，我说："你去做吧，输了算我的，我还年轻，我输得起。"

电话那头的他沉默了很久很久，然后，他说："我知道了。"

他最终也没去尝试，可能是他权衡了利弊，得到了最终想要的答案。这也成了我们之间融洽关系的起点，在我创业的时候他给我打电话，他说："我支持你，因为你曾经支持过我。"

听到这句话，我承认，我心里多了一丝慰藉和温暖。

我们想要的，不过就是这句话而已啊。人世间已经有了那么多的阻挠，家人不应该成为那道最后的阻挠才对啊。

究竟有多少家庭能明白这番道理啊？我们又何尝不是逐渐变成了曾经我们讨厌的那种人呢。

我曾半个多月没给父母通电话，那段时间我在南京出差，忙得不可开交。晚上十点钟累得都能挨着床就能入睡，我父亲给我打电话，大概说是因为我依然单身而不去找对象的事情言语上起了冲突，他怕我孤独终老，又后继无人，我成了那个被他训斥的孩子，而不是互相理解和尊重。我们把话题聊到了家庭，聊到了成长的环境，他被我反击得不发一言，末了，重重地叹息说，如果他的父亲——我的爷爷用更好的方式引导他，他也不至于变本加厉地用在我和弟弟身上。

我哭笑不得，心口疼了一个晚上。

它就像是一个笑话，一个令人根本笑不出来声来的笑话。小叶也是这样的典型姑娘。她出生在重男轻女的家庭，在她还小的时候，长辈们就不允许她上桌吃饭。有一次，家里来了客人，炖了很香的鸡，她太饿了，跑到餐桌拿了鸡腿就啃了起来。这个过程被她奶奶看见了，她奶奶不由分说地就拿拖把敲她的头，指责她不该吃了本该属于她堂弟的鸡腿，把她骂个狗血淋头。从那以后，小叶对所有肉食产生了重大的恐惧，她只吃素，而且越来越瘦，而她的堂弟却长成了200多斤的小胖子。这种重男轻女的思想压迫着小叶，伴随着小叶长大，她深受其害，本该顽强改变，但是后来小叶结了婚，生了女儿，又生了儿子，她也变成了那个曾经拿着拖把打她头的老太太，把所有的好东西都留给了儿子。

她曾带着孩子来找我玩，她女儿五岁，儿子三岁。我却在她女儿的眼里看得了胆怯和畏惧，而她儿子的眼里却都是飞扬跋扈和天大地大我就是老大的不可一世。我递给她女儿糖，小姑娘犹豫了好久，小心翼翼地刚准备接过去，却被她弟弟一把抢走了，小叶反倒训斥起她女儿起来："你大些，让着弟弟不可以吗？"

可是，天地良心，这哪里是"让"或者"不让"的问题啊。

我为小叶感到心疼，更替她女儿感到心酸。

好在，这些年，我渐渐跳出了这些积压在我心头上的"正常现象"，我不再那么执拗，学着理解和尊重。可是我依然不敢去恋爱，我害怕自己会暴露无遗。我表妹有了中意的男生，却怕不合适浪费了感情，跑来咨询我的意见。我说，他怎么表现的并不重要，重要的是他父母相处得好不好，他跟父母相处得又好不好。表妹被我说得一头雾水。我想了想，又宽慰她说，如果喜欢，那就去爱吧，一定要学着尊重和理解，而不是互相伤害。

这下表妹听懂了，备受鼓舞地跑去谈恋爱。我本来想劝她谨慎点，后来想想放弃了。我们每个人拥有怎样的家庭都是无法选择的事实，这是上天注定了的命数，用理想主义与命数对簿，本身就是一件毫无意义的事情。选择面对，并且试着接受它、改变它，才是责无旁贷的使命呀。也正是因为有了这种使命，未来才更值得期待。

前段时间，我又和弟弟之间开展了一次深入的交流，我们面对着面，自我剖析身上的缺陷。我问他："以后你有孩子了，你会还让小 baby 走我们小时候走过的路子吗？吃我们当年吃过的那些苦头吗？"

他垂下了头，他说，一定不会。

我感到欣慰，为自己，也为他。

我知道，他和他的 baby，一定过得会比我幸福。

如今，我和父亲的关系更融洽了，我们互相懂得了尊重对方的想法，而不是刻板教条地让对方遵循各自的生活经验去活着。他们也不再那么紧迫地催促我结婚，我也还是买不起房子，可我却觉得越来越宁静。

毕竟世界这么大，我们每个人都是沧海一粟，不曾看到这个世界全部的模样，又何必局限于一格，刻板教条地打量别人的生活呢？

可是，那些备受摧残的心灵，请你就此存封，它原本就该被深埋，而不是延续到另一代人的余生。

毕竟，争吵和伤害不是家庭存在的意义，理解和爱才是。

　　好的爱情，是可以让我们通过对方看到全世界的样子。

而坏的爱情，只会让我们通过彼此看见自己有多糟糕。

　　可我还是要朝前跑，努力地朝前跑，成为更好的自己，哪怕孤身一人，也要努力变得更好，即使依然没有后盾。

踮起脚尖得到的爱情，
最终还是会低到尘埃里

　　"我的意中人是个盖世英雄，有一天他会踩着七色的云彩来娶我，我猜中了前头，可是我猜不着这结局……"

　　这是《大话西游之大圣娶亲》中广为人颂的台词之一，也是电影的高潮所在。当紫霞死在至尊宝怀里的时候，我难受极了。我不管，我不要看到紫霞死，于是我把电影倒了回来，我又看到了那个为爱情不顾一切的紫霞仙子，看到了春光灿烂的微笑和流离失所的悲伤，可我知道，结局终究还是会来，紫霞仙子还是会为了她的爱情去死，流淌在血液里的记忆会燃烧，吞噬掉不顾一切的悲欢离合。

　　以前年轻，又浑身都是暴戾之气，在爱情里患得患失，最终落个遍体鳞伤，悄悄躲起来哭泣。那时候想要的爱就是天和地，别说是踮起脚尖，只要能相爱，给我垫把椅子我都愿意往上蹭，哪怕是摔倒了，摔个鼻青脸肿，也觉得心甘情愿。现在年纪大了，却再也不敢随便说喜欢和爱，穿梭在人世间，来来回回，不念过去，不思将来。

张爱玲和胡兰成结婚时，没有婚礼，也没有结婚证，只有一纸简单至极的婚书："胡兰成与张爱玲签订终身，结为夫妇。愿使岁月静好，现世安稳。"前两句出自张爱琴，后两句出自胡兰成。结果胡兰成的岁月真是静好，现世也很是安稳，不仅找了个小三，还跟小三生了娃，一家三口，和和美美，只是女主人却不是张爱玲。张爱玲倒也践行诺言，签订终身，结为夫妇，哪怕漂泊异国他乡，还不忘自己的终身相公，拿大把的稿费接济胡兰成，不仅帮他养了小三，还帮他连孩子也一起养了。

张爱玲那么有才情的女人，踮起脚尖去触碰她的爱情，最终还是低到了尘埃里，化成了一抔尘土，再也没能开出花来。

我替张爱玲感到心疼，可又无可奈何。

每当这个时候，我都会想起宋小美。

我认识宋小美的时候，宋小美还不叫宋小美，那时候的她还叫宋亚军。她第一次给张己山写情书的时候，张己山瞄了一眼落款，还以为是个男生，看都没看就丢进了垃圾桶。宋小美羞愧难当，于是她决定去改名字。

她偷了户口本去改名，却被告知要出具居委会的证明。也算她点背，就在她在居委会开证明的时候偏不巧就遇上了她那个刚刚买菜回家的老爸。她爸一脸严肃，这个名字虽然听起来像男生，但是大气，女孩取了男孩的名字大多能风光无限，算命先生就是这么说的。

如今宋小美想推翻爹妈给她设置的人生路线，她爹能高兴得起来吗，没踹她两脚已经够给她面子了。不过，好在她爹也不搞什么"一言堂"，他沉默了好大一会儿之后问他的女儿："为什么要改名字？我跟你妈给你取的名字还不够好吗？"

宋小美当然不能说她改名字是为了泡汉子，她立马拍她爹的马屁："老爸啊，我不是不喜欢你们给我取的名字，您看啊，别人老是许亚军许亚军地喊我，就算是当了冠军，也还是被人喊许亚军啊，多没面子啊。我总不能一辈子都活在亚军的世界里吧。"

她爹一听，高兴坏了，连连称赞："我女儿真上进。改！这名字一定得改！"

于是，宋小美就不再叫许亚军，她变成了宋小美，尽管她一点都不美。

她给张己山写了第二封情书，比第一份写得更煽情动人。她想，就算张己山不感动的死去活来，也会立马决定跟她交往。

情书送过去之后，宋小美无比期待。

哪知道，张己山又是瞄了一眼落款，他就合上了情书，问周边的男同学，宋小美是谁？

宋小美是谁？

那时候宋小美刚刚改名，就迫不及待地写了情书，鬼知道宋小美是谁啊！

教室后面议论的热火朝天，有人说宋小美肯定是个美女，不然哪有人随便叫这个名字？好事者自然反驳："好像你见过似的，美女还主动写什么情书啊，收情书都收不过来呢，还主动热脸贴冷屁股？有点常识好不好，依我看，肯定是个丑女，不仅丑还无敌，这就叫丑女无敌。"大家越讨论越激烈，就差没说宋小美是修炼千年的白狐下落凡尘来报恩了……

宋小美实在听不下去了，她猛地就站了起来，昂头挺胸地走到了教室后面去——那时候的宋小美发育得比其他女孩子都要晚一些，别人走路的时候就像胸前挂了两个大馒头，她倒好，还是旺仔小馒头，学花木兰在胸前裹上一层纱布，就能替父从军安能辨我是雄雌了。

她一把就将情书夺了回来，她说："我就是宋小美。"

整个教室像是忽然就爆炸了似的，陷入了久久的惨笑声中，他们笑得前俯后仰，一边笑还一边拍桌子："你咋从男的变成了女的？做手术了吗？"

宋小美咔擦一下就把说这话的男生摁倒在地了，她可是练过跆拳道的，其他男生吓得立马捂住了嘴巴。

从那一天起，几乎所有人都知道宋小美是谁了。

也几乎所有人都知道宋小美喜欢谁了。

世界就这么小，喜欢聊八卦的人又那么多。

可是，改了名字的宋小美换名不换人，又一次地求爱失败了。

这事儿要是换到别的女孩那，早就一蹶不振放弃追求了，可宋小美是谁啊，别人家的小姑娘小小年纪就去练舞蹈学钢琴，而小宋亚军，哦不，宋小美打小的时候就开始练跆拳道，被人 KO 之后教练一个劲地鼓励她 Come on, Fighting！于是小小年纪的宋小美就被输入越挫越勇的思想，她可不服输，也不能被人随随便便就 KO 啊，宝剑还没出鞘呢，就被人一招毙命，那得多丢人啊。

更何况，宋小美是真的喜欢张己山。她本来是体育系的高材生，大一的时候就给学校捧回来奖杯好几个，她在运动界叱咤风云。在她遇见张己山之前，她甚至觉得自己是校园的焦点，走到哪里都像运动健儿出场。可学校里的屌丝直男们，关注的焦点永远都是哪个女生长得比较漂亮，胸比较大，腿比较长，谁会关注你拿过几次奖杯，读过多少本书，发表了几篇论文啊。这世界越来越躁动，也越来越浮华，很多人都关注你的皮相好不好看，精致不精致，哪有什么人还会有什么耐心悄悄走进你的心里，看看里面藏了什么样子的故事啊。

所以，也难怪，当张己山看到"宋亚军"三个字的落款时，会以为是个男人，他是金融系的高材生，除了看财经新闻就是各种网红直播，哪有什么心思去围观学校的体育竞技。宋小美也够拼的，为了张己山，直接从体育系转到了金融系。每天穿着运动服去上课，悄悄地坐在张己山的背后。张己山盯着小黑板，她盯着张己山的后脑勺，闻他头发传过来的气味，判断他用的是哪个牌子的洗发水。就这样，宋小美走进了金融系，她暗自观察，充分备战，她熟知他喝哪个牌子的矿泉水，也知道他喜欢哪个食堂的蛋炒饭，她从运动场的那个体育健将，变成了张己山的小保姆。

可是，张己山却一点都不领情。他见到宋小美就跟见到鬼似的远远地躲开，宋小美就穷追不舍，一边追一边喊，"张己山你等等，我又不吃人。"她越这么喊，张己山跑得就更快了。

不过，张己山最终还是妥协了，他妥协不是因为宋小美感动了他，而是宋小美救了他。张己山在远离校园的市中心找了份兼职，每天准时跑去勤工俭学，宋小美跟踪了他好几次，去他兼职的商场来回转悠。后来怕有伤张己山的自尊，她就改变了策略，每天晚上算着时间准时溜达到学校门口的公交车站。那时候他们的学校尚未开发完善，周边的路灯都没亮过，每天晚上就是黑灯瞎火的。没有了光明的约束，黑暗就会变得明目张胆。虽然张己山是个男人，但是被抢劫这件事又不分男女。

在他坐末班车的某个晚上，这种电视剧里频繁上演的情节偏不巧就是被他遇见了。两个五大三粗的男人从他背后将手搭在了他的肩头，一点都看不出来是抢劫的样子，但是这两个男人早就把张己山卡得喘不过气来了，他身子越来越弓，就差快缩成个七老八十的老头子了。宋小美觉得不对劲，她在他身后喊她的名字，抢劫者回头一看是个势单力薄的女生，一点顾虑都没有，还暗自高兴：还有这么好的买卖，买一送一咧！他们一个负责继续制衡张己山，另一个跑来抓宋小美。

说时迟那时快，宋小美加速起跃，一脚踹中那个男人的胸口，她像个久经沙场的女战士，三分钟不到就将两个胖男人 KO 在地了。张己山目瞪口呆地目睹了这一切，半天没回过神来，也不知道是被劫匪吓住了，还是被宋小美吓住了。

那一天总算成了张己山和宋小美之间的破冰之旅，两个人的关系得到了缓冲，至少，张己山不再躲宋小美了。可是，他依然不喜欢她，他嫌弃她一个女孩子一天到晚都穿运动装一点女人味都没有，他也嫌弃她四肢发达头脑简单连什么是广义货币、什么是 CIP 都不知道。宋小美被他嫌弃得体无完肤可还是笑脸相迎，她不再去练搏击，不再去练跆拳道，也不再刚毅得像个男人，她脱掉了运动装，开始穿连衣裙，她甚至开始关注美妆，学着敷面膜用各种化妆品。

她变成了真正的宋小美，再也不是运动上拿过奖的宋亚军。

毕竟在运动场纵横多年，身材保持得近乎完美，没有一点赘肉。瘦，果然是一种尖兵利器，不需要过分的武装便能横扫千军。

宋小美再次被众人知晓是在模特大赛上，她是压轴出场的选手，穿着一袭白裙缓缓走到了舞台中央，她高挑又性感，脸上带着一股少见的英气，将那些整容整出来的妖媚压倒在地，惊艳全场。

连张己山都惊呆了，他怎么也没想过宋小美会这么美。他和宋小美的关系也因此更近一步了。

男人多大都是食色动物，张己山也不例外。

没多久，他们就开始在操场上手牵手，成双入对了。可是，宋小美再也不是以前的那个宋亚军了，她不再去运动场，不再去搏击室，她陪张己山一起毕业，一起找工作，一起租房子，她变成了他的小保姆，也变成了他的老妈子，勤勤勉勉地过日子，不敢浪费一分钱，因为张己山挣得太少了，连房租都付不起。她就把自己赚的钱一一存起来，想着以后能买个小房子，两个人好歹也算是有个家了。她喜欢吃杨梅，杨梅新上市那会儿要30块钱一斤，她问了问价钱，就把手缩了回去，30块钱能交一个月的水费呢。

她不再是宋亚军，也彻底丢掉了宋亚军。

如果故事到这里，那就皆大欢喜了。但是并没有。毕业第二年的时候，宋小美还是被人替代了，替代她的那个小姑娘有着一张千篇一律的整容脸，大眼睛，尖下巴，像个死妖精。可就是这个死妖精，把张己山迷得神魂颠倒再也找不到回家的路。她玩直播，要打赏，谁愿意打赏她就可以按照顾客的要求穿他们喜欢的服装，护士装，主仆装，丝袜装，睡衣装……应有尽有，又被网友称为换装小公主露西。

张己山是在直播软件上认识露西的，在得知露西跟他是同城以后，他给露西打赏的就越来越多，于是，露西就按游戏规则在直播的时候穿张己山指定的衣服，她说话嗲嗲的，把张己山勾得七情六欲勾走了个八九成，他脑子里已经没有了别的，只剩下直播和打赏，他约露西见面，让露西当面换装给他看，他活在温柔梦乡里，彻底忘记了宋小美。

宋小美却什么都不知道，还在勤俭节约地攒着钱，幻想着能早日买个小房子。直到张己山公司的财务和法务一起找到了她，她才知道张己山挪用了30万的公款，就为了打赏那个小婊子。她气得一屁股就瘫在了地板上，她觉得天在摇、地在晃，世界纷纷下坠，坠入万劫不复。

她把辛辛苦苦攒下来的十几万拿去给张己山补窟窿，可是还不够，她就把之前拿奖的奖杯和奖牌都拿去卖，又去找人借，东拼西凑好不容易凑够了30万——那是她想留在这个城市的所有希望，是曾经舍不得吃的多少颗杨梅啊，她带着那边钱去捞张己山，走在大街上，她觉得世界怎么那么安静啊。

张己山被捞回来了，他跑去求宋小美，求她再给他一次机会。

宋小美眼神空空的，都没有了魂，她想了想，她说好。

她那么爱他，她爱了他那么多年前，再多爱一次，又何尝不可。

可是张己山还是没能改掉吃屎的臭毛病，被捞出来没多久，又跟露西混到一起了。

只是这一次，宋小美没有哭，她已经没有力气哭了，她的眼泪早都流干了。

曾经那个驰骋运动场的宋小美，那个自信乐观被人 KO 一次站起来一次的宋小美，那个三分钟放倒两个抢匪的宋小美，再也不见了。她将青春和光辉都贡献给了爱情，踮起脚尖来拥抱爱，却失身坠入尘埃里，失去了最后的那抹光泽。

我们不是宋小美，可绝大多数的我们，却做着另一种意义上的宋小美，我们在爱情里屈膝跪地，双手奉上我们那颗还沾着血的心，按着对方喜欢的样子来装束自己，泯灭自己的秉性用来讨好对方，可是我们却忘了，在这场不对等的合约里，我们早就失去了自己，得来的那一切已经不再珍贵了。

好的爱情，是可以让我们通过对方看到全世界的样子。而坏的爱情，只会让我们通过彼此看见自己有多糟糕。

我们都期待好的爱情，我们都曾以为得到最喜欢的那个人就是拥有了好的爱情，于是我们被爱情吞噬，被自己吞噬，被不完美的人生吞噬，我们奋尽余力想要变成对方完美的样子，哪怕踮起高高的脚尖也想要得到梦寐以求的那场拥抱，却忘了我们拥抱的不一定是爱情啊。

所以，请忠于你的内心，也忠于你自己，不一定非得在感情里碰个头破血流才算得上是爱情，也不见得非得跪地乞求才算得上真诚。爱你的人哪里舍得你耗尽心血来讨好这个世界呀，ta 心疼你还来不及呢。

好的爱情值得被追随，却不见得一定要踮起脚尖去触碰对方的高度，因为你费尽力气抵达的高度，未必就满足了对方的需求。

就好比宋小美，难道她也要为了满足张己山的需求去做一个整容女，每天在家里换装搞直播吗？

她最终还是丢了他。

他娶的那个人，最终还是别人。

你还在等我，何其有幸

1

发送"我爱你"三个字给你的通讯录好友，会收到怎样的回复。

这是社交平台早些年盛行的逗趣方式，用心的博主还贴出了五花八门的回复，比如"我真的没钱借给你""你知道的，两个男生在一起是没有将来的，都过去了，就让它过去吧""大晚上的，我并不想约炮"如此等等，五花八门的回复应有尽有，令人啼笑皆非。

这原本就是无聊的消遣方式，玩这种游戏的人一来是为了打发闲散无趣的时间，二来又想试探自己在对方心中的分量几何，好像对方的回答称了心、如了意，彼此的关系就能拉近了似的。

曲萌萌也是这群无聊大军中的一员，更无聊的是，她还发给了我。

那时候已经快半夜了，我刚加班写完稿子，觉得大脑缺氧，累得眼花缭乱。曲萌萌的微信就是这个时候"叮"了过来："我爱你。"

"梦游？"我回她。

她回了一串："哈哈哈哈哈哈哈。"

简直就是个神经病。

我才没力气理她，把手机调成了静音，跑去喝了两口热水，再摸起手机的时候就看到了3个未接电话，全部都是曲萌萌的。

我顺手就回了过去，有气无力地问她："曲大小姐，还在梦游呢？"

电话那头一声不吭，我吓了一跳，还以为是午夜幽灵，困意瞬间全无。

"萌萌，你在听吗？"

电话那头依然没人吱声。

肯定又是恶作剧，我舒了口气，刚准备挂掉电话，曲萌萌却开口了。

她说："李易繁回我了，他说，他也是。"

2

曲萌萌是我的大学同学，当然，李易繁也是。

我们曾一起度过了辉煌岁月，也曾一起在小巷的街头买醉。那时候的曲萌萌还是个小胖子，偏偏喜欢架着圆框眼镜，扎着高高的马尾，这样的装束让她的脸看起来跟眼镜一样圆。明明是个小胖子，还偏偏喜欢做出小鸟依人的样子，偎依在李易繁身旁。

偏不巧，李易繁不胖，也不丑，瘦且高，一脸阳光灿烂的样子，特别像小鲜肉吴磊。

所以，当曲萌萌偎依着李易繁出现在大众视野的时候，"帅哥配丑

女"的结论像是得到了魔咒一般得到了印证，一时间，曲萌萌成为了
金融系女生们的公敌，这群唧唧歪歪的小女生们每天讨论的话题就是
"曲萌萌到底是用了什么邪魅妖术魅惑了李易繁"，末了，她们总要再
补充一句："放心吧，李易繁迟早会从她的邪魅妖术中醒过来，到时候
李易繁还是我们大家的。"

人言可畏。但是曲萌萌一点都不怕，她比之前更腻歪李易繁了，坐
在他自行车后座的时候要环抱着他的腰，蹬图书馆台阶的时候要挽着
他的手，就连一起吃个冰淇淋她也要张着嘴，等着李易繁喂她一口。

这种油腻的恋爱表达方式完全就是在虐狗，每次跟他们一起参加活
动，我都能感觉受到了一万点暴击，尽管我们是很要好的朋友。所以，
后来只要有他们参加的活动我都拒绝加入，老老实实地在宿舍写书、
做个安静的美男子。曲萌萌却把我从宿舍里抓了出来，她堵着宿舍的
门，朝我张牙舞爪："你快说，你躲着不见我们，该不是喜欢我吧？"

我朝她翻了个白眼，差点把自己翻晕了。

"对啊，你又不可能喜欢我，为什么还要躲着我们啊！"她喃喃自
语，又兀自拍了下脑门，像是发现了新大陆似的瞪大了眼睛，"难道……
难道你喜欢的是李易繁？"

这下，我彻底晕厥了。

3

被曲萌萌闹了这一出以后，我又成了他们爱情的见证者。这些年来，
我见证了不少爱情的模样，太多情侣因为年轻时的暴戾之气而互相刺
中要害苟延喘息地互相折磨，直至分手，也有不少情侣在生活的冲洗
下日渐平淡，早没了那股激动澎湃。偏不巧，这些爱情的"感冒发烧"

甚至"癌变"在曲萌萌和李易繁这里却完全免疫。

李易繁是发自内心地喜欢曲萌萌，我看得出来。

曲萌萌喜欢吃虾。李易繁和我们一起吃饭的时候必点的一道菜就是虾。他带着手套将油滋滋的虾夹上来，然后层层脱掉虾壳，抽掉虾线，一排排地摆在曲萌萌的餐盘上。有一次曲萌萌无意地说了句这家餐厅的虾好像不新鲜啊。为此，李易繁专门从网上买了个蒸蛋器，每天一大早就爬起床去附近的菜市场挑又大又肥美的活虾，将活虾蒸熟、剥好送到曲萌萌的宿舍楼下。

这恩爱秀得金融系的小女生们都要崩溃了，明里暗里都要议论曲萌萌是个狐狸精。

这话传到曲萌萌的耳朵里，她却笑得上气不接下气，我真怕她乐极生悲一口气接不上来晕了过去，时刻做好掐她人中的准备。

我问她："都喊你狐狸精了，你还笑得这么开心啊？"

她白了我一眼："被人喊狐狸精，这不是认可我的美貌吗？被人认可不应该是一件开心的事情吗？"

这话接的，我竟无法驳论。

这大概也是曲萌萌迷人的地方，无论什么时候，无论经历了什么样子的诽谤和重伤，她总能笑着面对，这总能让我自叹不如。

4

有的时候想想，我怎么就和曲萌萌成了关系很好的朋友呢？用她的话来说，我们是闺蜜。用我的话来说，我们是哥们。她不拿我当男人看，我也不拿她当女人看，我们本该是站在彼此的对立面，却成了关系很好的朋友。

可实际上，我们是截然不同的两类人。她乐观又积极，我悲观又懒惰。她有了一件想做的事情不管万千辛苦都会去做，而我连喜欢的歌手的演唱会都懒得去现场看。为此，曲萌萌不止一次吐槽我："你到底是真的喜欢还是假的喜欢啊？"

可尽管如此，我们也有相同的爱好，那就是喝酒。

我后来毕业，因为工作的缘故去参加各种各样的场合和应酬，迫不得已喝很多酒，甚至不知道回家的路，胡乱地拦上了出租车，漫无目的地闲逛，被风吹得昏昏欲睡。每当这个时候我都会想起和曲萌萌喝酒时的那些洋洋洒洒的日子，有微风，有月色，也有朦胧的梦。

那时候我们坐在学校后湖喝酒，明月如水，连连相应。曲萌萌靠着李易繁的肩头朝我举起啤酒罐："以后等你红了，一定要把我们的爱情故事写出来，等我们生了孩子，我就把你写的故事读给他们听，我才不要给他们讲什么童话故事呢。"

"那也要等你们生下来再说啊。"

她不由分说，抱住李易繁就开始小鸟一般的啄他的脸。

吓得我立马捂住了眼："你还真是开放！"

曲萌萌差点没把啤酒罐子砸中我，她没空搭理我，紧紧地抱住李易繁，一脸深情："怎么样，要不我们明天就去领证吧，气死这个单身狗！"

我喝干了一罐啤酒，心里一百个鄙视。

5

曲萌萌还真是说做就做，第二天就拉着李易繁去民政局了。

她还拍了现场的照片发给我，末了不忘挤兑我一番："你什么时候也能带着你对象来啊？哦不对，你什么时候才能找到对象啊？"

我看了微信，差点没把她拉入黑名单。

不过，我也不甘示弱。随手将她发来的照片发到了微博上，并且标明"恭喜曲萌萌和李易繁终于修成善果"，末了我不忘艾特一下学校的超级大 V。消息刚出，微博的留言板就炸开了锅。

不过，曲萌萌没被炸出来，却炸出来了李易繁的前女友——大樱桃。天地良心，这是她微博的名字，我对她叫什么名字一点兴趣都没有。

大樱桃随手就转发了我的微博，配了一句内心独白："婊子配狗，天长地久。"末了，还 P 上一张她和李易繁的旧图。还真是胸大无脑。用这句话来配自己的图，这不是胸大无脑是什么？

这下微博就更热闹了。

我连忙给曲萌萌打电话，她声音还是雀跃的，她问我："怎么样，你是来给我送祝福的吗？"

我回她："你还是赶紧看看微博吧。"

6

那天之后，曲萌萌就人间失联了。电话关机，微信不回，微博不更新，吓得我都要报警了。后来还是李易繁找到了我，他说："我知道曲萌萌在哪里。"

我们两个站在夕阳下，像极了两棵树。

　　那时候已经临近毕业了，学校里处处都是离别的忧伤，我们站在空旷的校园里，有种说不出来的落寞。

　　他垂着头，跟我道歉，他说："这一切都怪我。"

　　后来我才知道事情的来龙去脉。那个叫大樱桃的微博女，是李易繁的前女友，也是他的初恋。那都已经是很多年前的事情了，两个人考了不同的大学，有了不同的生活圈，分开成了最好的选择。可是，大樱桃不甘心，她觉得这一切都是因为曲萌萌，如果没有曲萌萌，那么李易繁还是属于她的。

　　于是，大樱桃跑到我们学校里散播有关曲萌萌的流言蜚语，李易繁对曲萌萌越好，她散播得也更恶毒。她甚至胁迫李易繁跟她见面，胁迫李易繁继续跟她交往，发生不齿的关系，她以为光明近在咫尺，却不想到因为我的一条微博，又陷入无尽的黑暗。

　　这世界有一种人，一定要用自己深陷的黑暗吞噬掉所有能接近到的光明，有一种俗语叫破罐子破摔，大抵说的就是这类人，比如大樱桃。

　　恼羞成怒的大樱桃将她和李易繁在一起时的照片、聊天记录，甚至还有开房记录都一股脑地发给了曲萌萌。

　　就算再乐观的曲萌萌，哪里吃得消这些？

　　她成为了那只独自舔舐伤口的小怪兽，藏匿于人海，终日不得见。

7

　　三天后，曲萌萌出现了。

　　她摘掉了眼镜，穿着学士服来拍毕业照。她远远地朝我挥手，可是脸上却再也没有笑意了。

后来我们吃散伙饭，一起喝酒，她坐在我面前，沉默不语。世界寂静得可怕。

良久，她说："我想好了，我要和李易繁分开。"

我正在倒酒的手抖了一下，啤酒溢了出来，我不知道该怎么安慰她："真的不愿意再考虑考虑了？"

她的眼泪一下子就斑驳了："其实我也知道这没什么，可是，我过不了这个坎。我一想到这些事情浑身都会发抖。他跟我在一起的时候还去见她，我受不了，真的受不了。"

那个乐观的、积极的小姑娘不见了。

我难受得说不出话来。

曲萌萌和李易繁分手的消息传遍了校园，当初那群唧唧歪歪的小女生们却没有一个幸灾乐祸地鼓掌，大多数却失落得像是自己失恋了。我们中的大部分人注定成不了陪伴在意中人左右的那个终身伴侣，可是，如果有一个人，一个跟我们一样平凡的、普通的人能替代我们站在意中人身旁，陪他度过风雨飘摇的日子，又何尝不是另外一种意义的存在呢。

后来，我们就此别过，各奔东西。我忙工作忙应酬，也忙着怀念青葱岁月。我和曲萌萌有一句没一句地聊着天，她重新变回了那个曲萌萌，但也再不是以前的那个曲萌萌了。

不过，她再也没跟李易繁联系过。

他们彼此都应该成了心头的那抹朱砂，尘封着过去单纯而又一往情深的青春，各地天涯，又无处想起。

如果不是那个逗趣的游戏，曲萌萌估计这辈子都不愿意触碰那抹朱砂。

8

年轻的时候很在意的事情，等年纪渐长，在人生悲欢离合的洗礼和孤独岁月的煎熬之后，当初那些很在意的事情就变得无足轻重了。

幸运的是，曲萌萌想明白了这些事情之后，才发现李易繁还在梦开始的地方等着她。

那天晚上，她发过去的"我爱你"三个字，承载了多少朝思暮想，又鼓足了多少小心翼翼，变成了简单的又充满深情的"我爱你"。她失声打给我的那3通未接电话和无力回我的三言两语，又是走过多少漫长的煎熬才抵达的终点，我不得而知。

因为，对于我而言，那个趣味游戏我这辈子都不可能玩。

很多年前，曲萌萌堵在我宿舍门口，把我从宿舍里抓出来的时候，暗自揣摩的那两句话，有一句是真的，可是我这辈子都不可能告诉她。

我爱你，这三个字，却也是我这么久以来，永远都说不出口的雷区。它深埋在我的心底，与我朝夕相处，又深埋至死。

可无论如何，我还是想告诉曲萌萌，当你觉得他很重要的时候，就一定要想办法去抓住他。

李宗盛有一首歌叫《山丘》，其中有一句歌词是"越过山丘，才发现无人等候"。

如今，你还在等我，何其有幸。

你想要的爱情到底应该是什么样子

1

小木是我多年的好友，在我的眼里，她一直都是理性又特别独立的姑娘。让我大跌眼镜的是，她把她的第一次给了微信搜出来的附近的人。

那个男人在小木生活的城市里出差，通过微信附近的人添加上了小木的微信。这原本就是寂寞男人一贯的偷腥伎俩，搜索附近寻找符合眼缘的猎物，挨个打招呼添加好友，撩成一个算一个。小木绝对不是第一个被他打招呼的好友，也绝对不是最后那一个。

但是偏偏，小木被撩成了。

这原本就是个被骗炮成功的典型案例。可是，当小木跟我讲这件事的时候，她的眼神里都是柔情。

她说："你不懂，我遇见的那是爱情。"

2

小木之所以这样强调，那是因为他们点燃彼此之前有过彻夜的长谈。

"我从来都没有这么被理解过，我说的每一句话他都懂，他说的每一句话我也懂，那是真正的精神的交流，我就像是在人海里遇见了另一个自己，我从来都没有这么期待过一个人给我回消息。"这是小木的原话。虽然她并没有告诉我他们交流了什么鬼玩意儿，但是概括一下就是她遇见的是爱情，因为她懂他，他也懂她。

所以，以爱情的名义来做一些本性的事情就变得顺理成章了。

我相当可以理解，毕竟用爱情的名义来推动个人的目的性获取有效的价值，我们多半经历过，女朋友用爱情的名义逼着你买房子，男朋友以爱情的名义逼着你跟身边所有的异性断绝来往，甚至，还有渣男以爱情的名义逼着你堕胎说什么现在养活不了孩子但是将来一定会娶你。

我们太痴迷爱情的幌子，以至于沦落成为爱情的阶下囚。

3

如果故事发生在小花小草身上，估计也就没后来了。小花小草这些柔弱的小姑娘们在彻悟自己是被欺骗了之后估计也就死心了，更何况在被欺骗的人拉黑失联以后，心里早就把对方祖宗十八代都问候了一遍，说不定还要把这种渣男弄成小人扎死它！

但是偏不巧，这一切却发生了小木身上。我说了她是个理性又独立的姑娘，为了追逐她的爱情，在被对方失联一个月后，她辞掉了工作，奋勇地追去了北京踏上了"寻夫之路"。

在北上的火车上，她还跟我发微信："或许他遇见了什么麻烦也说不定呢？他因为他前女友离世的事实受到了很大的打击，他还说，如果不是因为遇见我，他会想不开，甚至选择死亡和出家的。我现在就是担心他出现了什么意外。"

我真想打醒她："就算他遇见太大的麻烦，也会想办法跟你联系啊。"

她被我问得无言以对，只能愤愤不平地来一句："这是我的爱情，你不懂。就像我当年陪你去找你的爱情，站在移动大厦等那个人下班一样，我也觉得你是个傻逼一样。你要么陪着我一起去做，要么就不要拖我后腿。"

这下该我无言以对了。

4

我见过太多爱情的样子。

有些人的爱情是在终日的互搏中此消彼长来维护地久天长，也有人的爱情是在下一代的成长中忍气吞声，甚至有人的爱情是在新婚之夜闹得你死我活哭得死去活来，这些"爱情"的现象像风像雨，但终究不是爱的本相。

爱的本相到底应该是什么样子呢？

我有个朋友叫小 B，是个 gay。读研的时候谈了场恋爱，毕业之后分道扬镳，又玩了几段短暂的爱情约过几个年轻貌美的小鲜肉。他研究生时的对象忽然又找上了门来，小B立马换了个人告别了以前混乱的生活，和这个研究生时的对象重归于好，从此两人相守太平，一起买了房子不问世事。

我年轻的时候也曾谈过恋爱，我也在磕磕绊绊中体味过爱情的模样，我为对方下厨房，悄悄往对方钱包里塞钱，以及我在回家路上买的那块对方喜欢的糕点，大概都是爱情该有的模样。

我们总是说，爱情是高大上，是虚无缥缈，是心照不宣。

其实，都不是。

它依然是人间的烟火，本该就带着厨房的油烟味，洗衣机里轰轰的声响，以及散步时久久的平静。

5

我们太多人遇不见它，太多人在俗世的生活里被爱情折磨得体无完肤，甚至不再相信爱情，那是因为，你根本就没有准备好迎接它的那一刻。

不过，小木最终还是没有把那个男人揪出来。

在北京的那三个月，她甚至坐很远的公交车跑到那个男人上班的地方，一如当年的我。

可却跟我又大不相同。

遗憾的是，她终究没能找到这个人。

小木还是不甘心，她通过对方留存的信息去寻找蛛丝马迹，她翻到了对方的QQ，在QQ空间里找到了这个渣男前女友的照片，令人意外的是，他的前女友在半个月前还在跟他互动呢。

简直就是诈尸！

事实摆在眼前，小木这是明显被骗炮了。

可她依然不承认自己是被骗了："我们交流过那么多，精神撞出了那么多的火花，如果他是为了骗我，又何必费那么多周折呢。我又没钱，也没多好的姿色，他用不着骗我吧？"

我又气又恼，真想踹她两脚。

我不知道她最终是怎么熬过那三个月的。那段时间里，她又是如何耗尽仅有的那么一点点希望，最后接受惨淡的现实，变成彻底的绝望的。她有没有在夜深人静的时候哭过，有没有在耗尽最后力气的时候彻底绝望过，我都不知道。

她是太过于坚强，也太过于独立。

坚强和独立到，作为身边最好的朋友的我，都很难看到她脆弱的样子。

这是一件好事儿。

也终究是一件不太好的事儿。

6

我们憧憬爱情，不仅仅是因为性本能。

还因为爱情美好。

美好的爱情是两个人之间的相互理解和支持，是一个人体谅另一个人的不容易，是一个人说的某句话做的某个决定，不需要花更多时间来解释对方听，我们赋予了它太多的传奇色彩，却忘记了读懂对方的那一刻。

它依然是真实的，也是成熟的，带着浓烈的生活的烟火味，却不必争吵，没有硝烟。

仅仅是一句话：

"下班一起喝粥吧？"

"晚上一起看电影吧？"

它会是新的开始，也终究会成为甜美的轮回。

很多年以后的小木，一定会重新遇见另外一个自己。

也可能还是在某个深夜，有一场促膝长谈的交流，碰撞出闪烁的光芒，但是这一次，她或许会重新认识自己，重新拥抱黑夜里的那团光，并被那团光所指引着寻找更好的人生。

它会来到。

也终将会来到。

那些被着急催赶的日子，哪有什么珍贵可言。

　　我等你，从白天等到了晚上，又从晚上等到了白天，起风了，又下雨了，我都在想，你大概再也不会来了吧。

请不要那么早就放弃你自己

你23岁大学毕业，没再去读研究生，找了份差强人意的工作，每天都过着挤公车和赶地铁的生活。你在路边买早餐，经常加班到深夜。你省吃俭用，舍不得买新衣服，计算着收入和支出，盘算着怎么样才能攒点钱，什么时候才能在这个城市买房立足。

一到周末，你就玩游戏到深夜，又睡到日上竿头。你说你是个死宅，就喜欢宅在家里面。而你所谓的"家"，也不过是一间租来的不到十平米的小房子，晚上睡觉的时候你总会被隔壁小情侣的动作声吵醒，你开始感慨生活到底该是什么样子。

你越来越看不到希望，你开始惆怅未来。可是你却找不到适合自己的路子，你越来越害怕，也越来越无奈，你觉得这么多年的青春都喂了狗，除了衰老，你什么都没能剩下。你又不敢随便辞职，你怕连现在这样的工作都找不到。于是你在职场厮杀，开始勾心斗角，你想守住你好不容易得到的位置——哪怕一个月只有五千块的工资。

人们常说，世界很大，你也知道世界很大，可你却没有机会看到。你每天生活的范围就是从你住的地方到公司方圆五公里，你连你生活的城市都没来得及逛一逛。你在这样的生活里越陷越深，最终再也爬不上来了。

别人一旦来问你，为什么不去试试呢？你总要找各种各样的借口：你要攒钱买房子，你要还房贷，你下班了很累一点都不想动，甚至你要养家糊口，考虑孩子的奶粉钱……现实成了你的牢笼，你选择了封闭自己。

你那么早就放弃了你自己，真的不愿意再试试了吗？

小文是我们那届的优秀毕业生，她拿奖学金，做学生会主席。她优秀得令人羡慕，浑身自带光环，所以也成了我们班里最早拿到 offer 的领头羊。我们毕业那年，就业形势已经相对严峻了，好工作就跟春节回家的火车票一样一票难求。小文却早早地杀出了重围，顺顺利利地拿到了银行的 offer。

培训完之后的小文没能留在省会城市，她被分配到了家乡的小县城，从最基础的干起，她站大堂，卖理财卖保险卖基金，只要是行里压下来的任务，她都得照单全收；她做柜员，经常要核对资金到深夜。她像个机器人一样在日复一日的机械工作中麻木茫然，她不需要发挥太大的潜能，也更用不着学校学来的那些专业知识，她只需要听从领导的安排，按部就班地服从就对了。

她辛辛苦苦熬了两年，也没熬到升职的希望。

她想跳槽，却找不到更好的机会——那毕竟是小县城，哪有那么多的就业机会，况且，在很多人看来，小文在银行里的那份工作已经足够好了，还想换工作？这不是作么？

连她爸妈都劝她："你还年轻，就慢慢熬呗。早晚会有熬出头的那一天。"

小文本来有一肚子的话，却一个字都没吐出来。她觉得父母说的有道理，比上不足比下有余嘛，反正过日子就是熬。

于是，她熬到了结婚，又熬到了生孩子，她被琐事的生活缠绕到忙得不可开交，她的朋友圈只剩下生活小常识及晒孩子，再也不是当年那个光芒四射的学生会主席了。

前段时间同学聚会，她带着两岁多的孩子来跟我们相聚。

她比上学那会儿胖了很多，穿着松松垮垮的衣服，早就没有了当年的英姿。席间，她一边给孩子喂饭，一边抱怨生活，以过来人的身份谆谆告诫我们所剩无几的单身汉不要轻易踏入婚姻的坟墓，她抱怨她老公不懂得体贴，她抱怨她领导不懂得惜才，她甚至还抱怨她的孩子每天半夜都闹腾得要命。

抱怨完了之后，她缓缓地舒口气，环绕了一周，把视线落在我身上，她说："其实我最羡慕的还是你，还在写书，做你想做的事情，哪像我，被生活羁绊着，什么也做不了。"

我默默垂下眼，一时半会儿竟不知道该说什么好。

那天之后，小文时常给我发微信吐槽她的生活，偶尔她也会因为业务压力，问我要不要买一些保险和基金，每当这个时候，她都会由衷地感慨说："真羡慕你，不用面对那么多的业务压力。"

我回她："那你为什么不试试改变呢？"

"怎么改变啊，我都这么一般年纪了。"

"你还不到30岁，你还年轻呢。"

"那也老了啊，又要上班又要养孩子，我这辈子也就这样了。"

"真的不愿意再试试了？"

"说的好像我有很多选择的机会似的。"

我没再回复她，因为我知道不管我怎么鼓励她，她都不愿意走出自己生活的"舒适区"——尽管在很多时候，这并未给她带来多少舒适，可是她已经习惯了这种生活，哪怕这种生活给她带来沮丧和苦楚。

破茧重生的那一刻固然很痛很苦，甚至是九死一生，但还是有那么多人想要尝试，因为只有尝试之后，才能跟旧的生活告别，跟新的生活相拥。这个世界上，有一波人选择了过早地放弃自己，沉沦在生活的泥潭里怨天尤人，自然就有另一拨人披星戴月地鞭策自己破茧重生。

三流大学毕业的汪望是最早加入我创业公司的一员，那时候她刚刚大学毕业，她拿着简历怯怯地推开了我办公室的门，一脸青涩。我问她会做什么，她一脸茫然，笃定地回答我，说她什么都会干。

一般这么说的人，多半是什么也干不了。他们大多都没有专项特长，也不知道自己能干什么，适合干什么。他们人生刚刚起航，迫不及待地想要寻找方向。

我瞄了她一眼，她多半是因为紧张，脸庞微微发红。

她说："请你相信我，我一定会干得很好。"

我犹豫了一下，还是给了她机会，毕竟，我艰苦创业，开不了多高的薪资待遇。她刚毕业，薪资要求又不高，我们刚好是各取所需。

可是，很快，她就颠覆了我对她的认知。她每天必定是最早来公司的那个，将办公室打扫整齐，然后给大家凉好茶水。她将分内工作做得兢兢业业，还时常问我有没有其他工作可以交付给她做的。我刚开始还不放心，怕她做不好，会坏了事儿，影响和客户之间的合作关系，于是在小心翼翼地交付她工作的同时，每次我都会谨慎地盯着她，生怕她在某个细节出了错。

后来我发现，我错了。她不仅会做得很好，还会很细心地在方案的边边角角贴上便签纸，提醒我关键数据和成因——这在某种程度上帮我省了很多事儿。

没多久，她就成了我的得力助手。年底分红的时候，我有意要分些股份给她，却被她一口拒绝了。也就是那个时候，我才知道她趁工作之余积极备考，考上了北京某所高校的研究生。我请她吃饭，算是为她饯行，她却不好意思地跟我道歉，她说："真是不好意思，辜负了你的信任。"

"说哪里的话，人往高处走，这是件好事。"

"我不知道能不能算得上是好事儿。或许我以后再也遇不到您这么好的上司了，但是我总得去试试，总不能抱着一口井喝到老吧？"

我点头，我说："汪望，你说的很对。"

她远赴他乡求学，偶尔还会给我发微信讲述她的新生活。她在校园里交了男朋友，又拿到了一家很有名气的公司的实习 offer，她说她一点都不后悔当年的决定，"如果我那么早就放弃了我自己，我可能也会跟绝大多数人一样沉沦在琐碎的生活里，我不知道我的潜能在哪里，我的方向在哪里，跟迷失在大海上的帆船没有什么两样子。可是如今，我没有放弃我自己，我找到了我喜欢的工作，找到了我擅长的领域，找到了我爱的人，我也找到了我自己。"

我把她的这段话直接截图发给了小文，我还想着能鞭策一下小文，哪想到她很快就回了我，淡淡地来一句："哪有那么容易。"末了，她补充一句，问我要不要买基金，是他们行里最热销的产品。

我丢下手机，半天没说出话。

我身边有太多的人过早地就放弃了自己，在琐碎的生活里一边沉沦抱怨，又一边羡慕别人。他们活成了自己讨厌的样子而不自知，他们总有各种理由和借口为自己开脱，一边醉生梦死，又一边怨天尤人。

但是仍有那么一些人，年过中旬，与苦难为伍，仍不愿放弃。我们隔壁的老太太，都已经六十多岁了还在学英语，她不想因为语言的障碍而无法品鉴世界的美景，她还想出去走一走，看一看别人是怎么度过晚年生活的，而不是默默地守着熟悉的家园等待死亡的到来。

当然，这样的人举不胜举。我做记者的时候还采访过因下岗跑去创业的速冻大王，他从下河抓鱼摸虾到慢慢有了自己的加工厂，成为速冻行业的佼佼者，他还热爱诗歌，一有空闲就拿出小本子记录生活，书写成诗，出版了好几本诗集。当年和他一同下岗的工人大多都被生活打倒，放弃了自己，最后沦落被贫困缠绕，郁郁不得志。

你瞧，生活总会以它的方式羁绊你，想方法设法地阻挠你。

可是，一旦你过早地放弃了你自己，就真的如了它的意。

所以，请不要过早地放弃你自己，任何时候，你都该自己鼓励你自己，变成一个更好的人，去拥有更好的人生。

　　我更希望你能如这世界一样，长成坚强又自信的样子，

不管风多大，雨多大，总能看到阳光和彩虹。

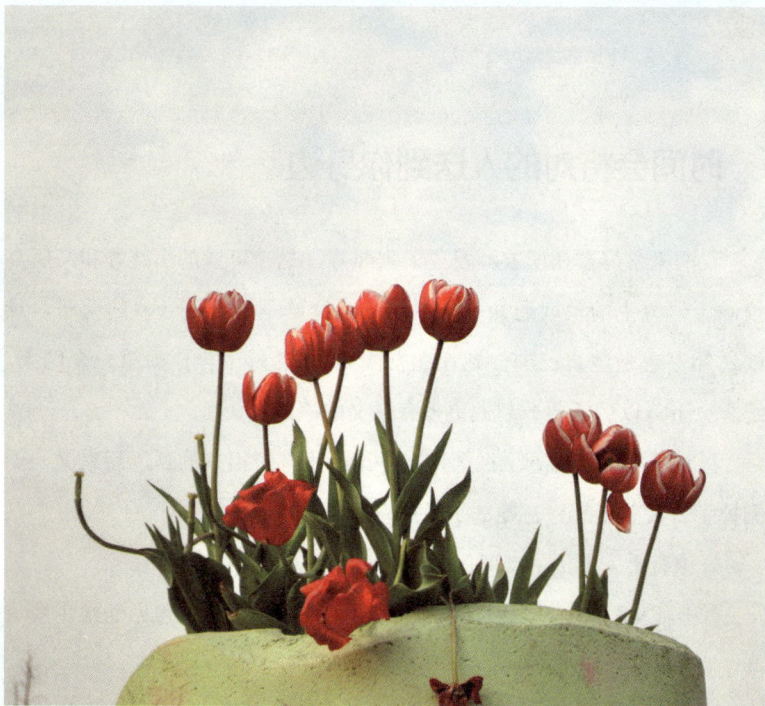

时间会将对的人送到你身边

我的大学好友在朋友圈发了一张照片，是个可爱的小娃娃和某所高校硕士研究生的录取通知书的拼图。小娃娃是她不足一岁的儿子，录取通知书也是她自己的。她在朋友圈写道："母子合作的第一个结果，纪念一下，以后还要一起做更多有意义的事情。"

我盯着那条状态看了很久，在评论栏里打了很多的话，后来又一一删掉了。我想了想，在她的那条朋友圈下面点了一个赞。

好像有千言万语，一时间又不知道从何说起。

如今她家庭幸福，事业顺利，又学无止境。可我也曾见证她步履艰辛，在白日里筋疲力尽，又在黑夜里大声哭泣。

她还算得上顺利，大一的时候就遇见了她的 Mr Right——他是比她高一届的学长，因为打乒乓球而结缘走到了一起。彼时，他们出入成双，互相陪伴，算得上是我们学校里的"模范夫妇"。直到他毕业那年才露出端倪，他从生活了四年的城市离开，回到了远在1700公里开外的家乡，只剩下她一个人形单影只了。

那时候很多人都在猜想，他们肯定会分手，姑且不要说毕业就分手的魔咒，这么长距离的异地也绝对会成为阻碍两个人感情的最大杀手——他年轻气盛，又长得帅气英俊，如今一个人守着繁华的大都市，哪能那么轻易就忍受得了那么多的诱惑。

这话传到她耳朵里，她嘴上一个劲地帮他撇清，心里却不能淡定自如。她爱他，她知道他也爱她。但是她依然害怕。这个世界上最玄妙也最让人捉摸不透的就是"爱"这个字，它看不见、摸不着，哪有什么安全感。于是，她趁着假期就往他那里跑。整整一年，她也不记得自己跑了多少趟。

后来，她毕业。她放弃家乡优渥的工作机会，远离故土，毫不犹豫地就跑去跟他团聚，她在投资公司找了份差事，一边相爱，又一边备考公务员。那时候我们时常在微信群里聊天，她跟我们讲那个城市的繁华与壮阔，也跟我们聊她看到的凌晨四点城市的模样，她辛苦又疲惫，可是从未跟我们抱怨过。

功夫不负有心人，她总算如愿以偿地跟相伴多年的他结婚了，她结婚的时候哭得像个泪人，这么多年的坚持和等待总算有了收获和交代。她考上了公务员，又怀上了baby，她顶着肚子去参考研究生的考试，成了考场上靓丽的风景线。

如今，她厮守着爱情和亲情，她足够幸运，那么早就遇见了对的人，活成了幸福的样子。

可是，并不是所有的人都有她那么好的运气。我身边依然还有大波的单身男女，一路跌跌撞撞，却从未遇见过对的人。

比如小水。

她曾跟我开玩笑说："你相信么，我就是渣男试金石。"

我相信，我当然相信。我又不是没见过她跌倒了又爬起来的样子。

她的"艳遇"比我们来得都要早。刚入大学那会儿就谈了个又高又帅的男朋友，对方还是校篮球队的队长，有大胸肌，也有大长腿。小水像是捡到宝似的玩命地对她的男友好，他在篮球场上打球，她坐在旁边的台阶上给他递水递毛巾，春心荡漾地看着他的脸，趁他不注意的时候小鸡啄米似的啄他一小口。她将他又脏又臭的衣服打包带回宿舍里，一遍遍地用手来回搓洗。

她爱他的样子端庄又深情。

可是没多久，她就遇见了"劲敌"。起初她还不信，她对他那么好，他还有什么不知足的。直到她在校园里看到她的大帅哥跟别的女生并肩同行的时候，她吓得六神无主拔腿就往宿舍跑。

偷腥的人又不是她，可她还是害怕得要命。

她犹豫了好久，还是没勇气跟队长摊牌，她当作什么事情都没有发生过，继续付出。哪想到大个子队长却得寸进尺，他从跟别的女生肩并肩渐渐地变成了手拉手，甚至在教室里，将手放到那个姑娘藕白色的大腿上。

小水实在受不了了，她像个膨胀了的气球一样，"砰"地一声就爆炸了。

就像她把书砸在那个女生脸上发出的声响一样，"砰"地一声，教室里就炸开了锅。她做了很多气愤中的人都会做的事情，伸出手就抓住那个女生的头发，一边抓她的脸，一边骂她是个下贱的婊子，却被队长一把推开，他朝小水吼："你闹够了没有？"

小水呆若木鸡，她用了很长的时间才回过神来，她咬着牙恶狠狠地骂道狗男女，然后扭头就跑，她的样子又狼狈又落寞。

和篮球队长分道扬镳之后的很长的时间里，小水对长相英俊的男生都怀抱天然的恐慌和敌意。直到大学毕业，她才重整旗鼓投入新的恋情之中，对方是个相貌平平的工科男，架着一副很厚的眼镜，丢到人堆里，不会有人多看他一眼。

我跟小水开玩笑："用不着这么为难自己吧？跟他一起吃饭的时候你真的会有食欲吗？他脱光衣服的时候你真的会忍心扑上去？"

她白了我一眼，轻轻弹了弹手指，她说，"你懂什么。这样的男人才好驾驭！就是因为太普通了，哪还会有什么姑娘投怀送抱送货上门啊，我别的不求，就求一份老实本分。"

我被她的理论彻底折服了，这哪里是在谈恋爱，分明就是找人凑合过日子。

不过，她的凑合过日子也没有持续多久。很快，她就发现她的工科男有点怪。她带他跟朋友一起吃饭，酒过三巡，工科男却不知所踪，把小水吓了一大跳。她怕他喝多了酒，起身去卫生间寻他，却见他坐在卫生间不远的空位上发微信。她不动声色，悄悄走了过去，轻轻地拍了拍他后背，哪想到又把工科男吓了一大跳。

"你还好吧？"小水问他。

工科男一脸茫然，他很快就反应了过来，他说，"没事儿。"

"跟谁聊天呢？"

"喔，同事，都是工作上的事情。"

工科男这么说，小水还就真的这么信了。当初她就是看中他老实本分不会撒谎，所以才选择跟他在一起。

"本来嘛，过日子就是坦诚相待，你防着我，我防着你，那还过个什么劲儿啊。"小水如是说。

她越来越接近生活的本相，也越来越过得风轻云淡。

所以后来，当她随手拿起工科男的手机，本来只是想帮他抢个一个红包，她看到工科男的微信好友里有个性感女郎的头像。她本也没多心，随手点了进去，偏不巧就看到了工科男昨天晚上将自己裸露的身材照发给对方。她顺着照片又滑了一下，还真有下一张。

就这样，她看到了第二张第三张第四张……有工科男的，也有那个性感女郎的，他们将彼此的身体赤裸裸地拍了下来发送给对方以供彼此欣赏鉴定，还问对方喜欢不喜欢，更想要什么样子的姿势度过春宵……

除了这些，还有彼此发过去的语音，露骨又销魂，小水一条条地听，就像在听一场三级片的配音，她还听到那天晚上工科男喝了一些酒在卫生间门口发的那些话……

原来他不是在聊工作啊，或许跟性感女郎聊骚，也是他工作的一部分？

小水从性感女郎头像的对话框退了出来，继续往下翻，却发现了更多的性感女郎……

工科男就是这个时候裹着浴巾从卫生间走了出来，他身上的水还没来得及擦干，一滴滴地往地上落，他对小水说："去洗澡吧。"

小水没去。

她拿起他的手机对着半裸的工科男拍了张照片，咔嚓一声，闪光灯点亮了房间，工科男皱起了眉头，他有些不高兴了，他说："你干什么？！"

"帮你发张自拍啊。"小水冷冷地说，点了个群发键，就把手机丢给了他，然后头也不回地拉上了门。

又是"砰"地一声。

这一次，小水没有哭，也没有闹，她觉得有些累了。

后来小水跑来找我喝酒，她苦闷地看着我，她说："原以为看起来老实本分的工科男能靠得住，实际上也不过如此。怪不得网上说，越是丑的人越是花心，因为他们压根就没有见过花花世界，随随便便来只小蜜蜂小蝴蝶都能把他们勾走了，还谈什么守得住繁华与寂寞啊。"

她静静地喝完了一瓶酒，摇摇晃晃地站起来，她说："男人啊，没有一个靠得住，我这辈子怕是要孤独终老了。再也不能相信别人了。"

我一把扶住她，我说："别着急啊，慢慢等，总有一天会遇见对的人的。"

她嫣然一笑，她反问我："你信么？"

我信么？我也这样问自己。

我不知道，可我知道，怀抱希望终究不是一件坏事情。

小水很快就从第二场失败的恋情中爬了起来，她已经接近奔三的终点，再也不是以前那个懵懂无知的小姑娘，她经历了很多事情，也处理过很多事情，内心已经足够强大到不需要用哭泣和颓废来解决问题了。她的心越来越坚韧，也越来越冰冷，所以她再也不曾投入新的恋情里。

直到遇见江先生。

一切还是要从旅行说起。

她是在老君山遇见江先生的。那时候他们同住在半山腰的摄影酒店，彼此谁也不认识谁，各自霸占了咖啡厅一角的布艺沙发上玩手机发呆。一个年轻稚嫩的小伙子跑了过来，问小水有没有兴趣玩狼人杀，小水转动了一下眼珠子，她问什么是狼人杀。

"就是特别考验智商的推理小游戏。"小伙子雀跃地答。

小水本来就喜欢推理，一听还能考验智商，想都没想就从沙发上站了起来，加入到这群年轻人的队伍中。那时候江先生就挨在小水旁边，他也是被这群小伙子拉过来凑人数的。

头发是奶奶灰颜色的小姑娘扮演了法官的角色，她讲了游戏规则，又一一发牌，小水摸到的那张牌是渔民，没有什么特殊功能的好人牌。

法官嘴里念叨着天黑请闭眼的台词。小水闭着眼，她听到法官喊"狼人请睁眼，狼人请杀人，狼人请闭眼，女巫请睁眼，女巫请确定要不要救人，预言家请睁眼，预言家请确定想验证谁的身份"，然后就是天亮了。

小水睁开眼，法官看着她，说："昨晚死的人就是你。"

小水一脸懵逼。

于是，大家开始讨论谁是狼人，决定投死谁，投票的结果出来的时候，被大家投死的人就是她身边的江先生。

江先生看了小水一眼，同样是一脸懵逼。

他们成了游戏里最早死掉的那两个人，在游戏里也再也没有发言权。两局游戏下来，小水彻底明白了游戏规则。

可是，让她不明白的是，不管她拿到的是什么角色，只要她死了，江先生肯定是紧跟在她身后死掉的那一个。

这似乎成了游戏参与者一致达成的战略同盟。

大概是因为死得"惺惺相惜"，小水和江先生不约而同地朝前迈了一步——彼此加了微信，互相做了自我介绍。小水知道江先生是金融高管，还跟她来自同一个城市，她在心里讥笑了一番，又是个会算计的男人。

游戏玩到最后，大家约定明天一早去看日出，看徜徉在山顶云海中的金顶。

小水心里想，鬼才要起床看日出呢，我好不容易跑出来玩一趟，才不要折腾自己呢。

可哪想到凌晨四点半的时候，她就被"咚咚咚"的敲门声吵醒了，昨天一起玩游戏的小姑娘柔声呼唤她："姐姐，姐姐，快起床，一起去看日出了。"

小水捂着头，恨不得把枕头抛出去。

不过，她还是起床了，反正都被人扰了美梦，不如去见见美景补偿一下损失。

他们一群人在楼下会合，小水下了楼，才发现江先生也在，他毕竟不是青春少年，扎在那群小年轻人堆里，身上有种世故老成的暮气。

他朝小水打招呼，小水一副睡意惺忪的样子，她冰冷地回了一个字："早。"

尴尬至极。

好在天还是黑的，谁也没注意到这层尴尬。

上山的缆车还没到开放时间，只能靠一步步地往上爬。大家壮志凌云地攀上了中天门的台阶，台阶险峻，刚爬一层台阶，大家就已经累得气喘吁吁，小水尤甚。她毕竟不再年轻，不像那群小年轻一样活力无限。没过多久，她就被那群小年轻甩在了身后。

江先生倚在不远处的台阶上铁栏上，朝她喊加油。

小水累得气喘吁吁，她挥了挥手："你上去吧，不用等我了。"

"这哪行啊，半山腰上，连个人影都没有，你一个女孩子，我可不放心。"

油嘴滑舌，小水心里想，可这翻油嘴滑舌的话听起来还有那么一点暖。

很快，那群小年轻就不见了踪影，只剩下小水和江先生并肩同行了。两个人都是第一次爬老君山，又都不认得路，只能按着指示牌一步步地往上爬。小水恐高，她做缆车连眼睛都不敢睁，长这么大以来，她连过山车都没有坐过。所以，走到险峻的地方，小水的身子都快要挨着山体了，她猫着身子，走路的样子像个偷偷摸摸的贼。

张家界的玻璃栈道开放那会儿，小水还曾想去挑战一下自己的心理，她犹豫了很久都不敢成行，她说，她怕自己恐慌症犯的时候身边连个可以抓的手都没有。

江先生看她心惊胆战的样子，想笑又笑不出来。他轻轻地走到了小水身边，走在靠近栏杆的那一面，他一把拉住了小水的手，却把小水吓了一大跳。

"你神经病啊。"小水对他吼。

"别误会，有我在，你不用怕。"

小水白了他一眼："正是因为有你在，我才害怕的好吗？"

江先生哭笑不得，只得小心翼翼地走在小水身边——靠近险峻峡谷的那一面，时刻准备着护着她，反倒弄得小水有些不好意思了。

太阳渐渐从云层里钻了出来，小水和江先生却找不到上山的路，他们绕着十里长屏翻越了两三个山头，却离山顶越来越远了。

小水满怀歉意，她说："真是不好意思，拖你后腿了，要不是我，你也不至于错失日出。"

江先生却毫不在意，他说："没事儿啊。看风景重要，也不重要，更重要的是跟谁一起看风景。"

那天之后，小水和江先生的距离更近了一步，准确来说，是彼此内心的距离又更近了一步。那种心照不宣的宁静和泰然自若的相处方式让小水觉得舒服，她用不着去讨好谁，也更用不着谁来讨好她，这种情感上真正意义上的平等，让她有一种由衷的安详。

旅途结束了，小水和江先生的联系却没有结束。

他们本就在一个城市，所以经常一起看电影，又一起喝咖啡，像个老朋友一样互相往来。他们一起去书吧看书，面对面地坐着，各自翻阅自己喜欢的读物，能一言不发地呆一个下午，累的时候抬起头准能心照不宣地对视一眼，微微一笑，一点都不会因为没有说话而尴尬。

　　后来，他们还相约去了张家界的玻璃栈道，小水紧张兮兮地抓着江先生的手，又兴奋又激动。

　　当她带着江先生来见我的时候，我才知道他们在一起了。她趁着江先生去卫生间的功夫，像个小女生似的问我："你觉得他怎么样？"

　　"又不是介绍给我的，我才不在乎呢。"我故意套她的话。

　　她又白了我一眼。

　　"确定是他了？"我问。

　　她没回答我，只是重重地点了点头。

　　他们结婚的时候小水已经30岁了，可她又像回到了十七八岁的样子，拉着江先生的手会羞红脸，她在婚礼上一滴眼泪也没落，旁边的大学同学开玩笑，笑话她心如石头肯定是嫁给了不喜欢的人，所以也不会感动更不会落泪。

　　小水扬起了脸，笑得春光明媚，她说："我找到了对的人，高兴还来不及呢，我哪有心情去落泪。"

　　说完她就把捧花扔了我，笑盈盈地说："赶紧吧，就剩你一个人单着了。"

　　我说："我不着急，我还在等，等时间把对的人送到我身边。"

　　要相信——相信时间终究会把对的人送到你的身边，正如张爱玲所说的那样：于千万人之中，遇见我所遇见的人；于千万年之中，在时间的无涯荒野里，没有早一步，也没有晚一步，刚巧赶上了，那也没有别的话可说，惟有轻轻地问一声："噢，你也在这里吗？"

　　所以，请忠于你的内心，也忠于你自己，不一定非得在感情里碰个头破血流才算得上是爱情，也不见得非得跪地乞求才算得上真诚。

有的时候，我也会想，如果很多年前，我和老张没有那么多的针锋相对，多一些理解和关怀，而不是斤斤计较，那么，现在的我和老张是不是会有一个更好的结局呢？可是，人生哪有那么多的如果啊。

相亲，真的是找到爱情的最佳途径吗

　　我很早就进入了晚婚晚育的年纪，可依然还保持单身。为此，我的家人十分焦虑，他们想方设法地帮我张罗在他们看来合适的女孩子，并安排我去相亲，但都一一被我回绝。两个适龄的男女被明码标价地贴上标签像商品一样放在待选择的商柜里，原本就是一件荒谬的事情。可是尽管如此，仍然有大批的单身男女加入相亲的队伍中，并乐此不疲，好像相亲是找到爱情达成婚约的最佳途径。

　　我的前同事大白就是通过相亲快速找到了适龄的结婚对象，并且很快迈入了婚姻的殿堂，从相亲到结婚用了不到3个月的时间。前段时间我们碰面，问他婚后生活如何，他不冷不淡地回我："得过且过呗。"

　　短短几个字，没有欢喜，也没有激情澎拜。听说他最近又在备孕，以至于我惊叹不已地问他，你刚结婚就要生孩子啊？他冷淡地回答我：

"不然呢？不然我结婚干嘛！"

他的回答令我瞠目结舌，吓得我都以为他是"形婚"，结婚对他而言就像是上级安排下来的一项工作，他按部就班，又不拖泥带水，全然没有了感情色彩。

没有谈恋爱时的你侬我侬，也没有闹别扭时的你闹我哄，两个人从一上场就直奔主题。谈拢，谈不拢，完全取决于男方的财力是否有势力、女方的相貌和工作是否能带得出去，没有一见倾心时的小鹿乱撞，也没有趣味相投的相见恨晚，他想娶，你想嫁，两个人总算找到了难能可贵的平衡点，一拍即合，毕竟两个人过日子总好过一个人形单影只吧。

也正是因为如此，步入相亲场合的男女都十分理智，正经端坐，一本正经地盘算眼前的相亲对象，彼此都成了对方的面试官，你一句我一句地进入面试谈判，你方唱罢我登场，心照不宣地各自为营。

婚姻，因为相亲，就这样沦为了彼此互相衡量和比较的战场，千军万马呼啸而过，都已经无足轻重。女方不再计较眼前相亲的这个男人谈过几个女朋友，有过几段露水情缘，她更关心他买了几套房子，有无房贷，收入几何，父母有无工作，需不需要养老，是独居还是跟父母一起住，如此等等。她事无巨细地打量眼前的这个男人，尽管她看他毫无感觉，但只要他满足了自己对另一半应有的物质要求，她总能自我宽慰说感情是可以培养的嘛。

男方就更横刀直入，他策马鞭急，觉得眼缘合适便能很快一拍即合。反正结婚嘛，跟谁结都是结，别人都结了，你没有结，那么总是一件丢人的事情。

这个世界上，最简单也最轻松的事情就是随大流，别人做什么，你就去做什么，不用去思考，只需要轻轻松松地跟随着，就能活得逍遥自在。你越是标新立异，越是要与众不同，就越会过得举步艰难。比如单身。

我有个堂哥，只比我大一岁，至今未婚。他每年最害怕的事情就是回家。他独自一人远在异乡漂泊，回家本来是一件轻松愉快的事情，但是对他而言却并非如此。在他还未返程之前，他父母就早早安排了他假日里的所有行程，第一天要跟王大爷介绍的女孩见面，第二天是李阿姨介绍的女教师，第三天是张奶奶家的孙女……各路人马，应接不暇，连着七天下来，他爸妈还要开个总结会议，跟他一起探讨哪家的姑娘更好一点，适合过日子。堂哥闷闷不乐地坐在一旁，眼睛都快要睁不开了，他想去睡觉，却被他爸一把拦住，让他今晚必须做个决定。

可他就是不愿意匆促了事，一气之下连夜出逃，返回工作的城市，便在往后的假日里拒绝回家，连电话也不愿意打了。他爸妈又惊又怕，担心他想不开会犯傻事，便托我从中联系，打探情报。后来，我见到了他，他未等我开口，便先发制人。他问我，人为什么要结婚？

这个浩瀚深渊的问题，超出了我的脑洞之外，我没法用哲学和理论来跟他解释结婚的意义。他倒也不穷追不舍，自问自答："难道就是因为别人结婚了，所以我也要结婚了对吗，别人生孩子了我也要去生孩子，我是什么？我是繁衍的工具吗？那么，别人去死了，我是不是也要跟着去死？"

我语塞半天，不知道如何作答。我大概是这个世界上最失败的"撮合者"，不仅宣告任务失败，反而被堂哥洗脑，惨败而归。可是他爹妈并没有放弃，又派去了第二个撮合者，大有一番志在必得的壮志。

　　这就是孩子与父母相比，天然的劣势。我们永远都无法像对待旁人那样对待父母，如果换做是别人，一个劲地挑战你的极限，估计你早就暴跳如雷将对方拉入黑名单了。可因为是父母，哪怕是一次又一次地逼迫到了极限，你也仍然会硬着头皮聆听"教诲"——哪怕我们彼此都没有错，只是各人所想、各人所需无法达到一个平衡点罢了。

　　所以，这个世界的父母，真是该好好收敛一点了。说得好听点，那是为子女着想，叫操碎了心——但是，操碎了的心却一点一滴地成为了子女身上的负担，我们就这样变成了蜗牛，背着重重的壳缓缓前行。

　　在绝大多数的相亲里，父母都占据了绝对的主导地位。他们用自己过来人的经验来身行言教，谆谆告诫子女相亲的靠谱性。大抵是因为这些相亲对象都是三大姑八大姨介绍的，介绍人多少有点沾亲带故，所以被介绍而来的相亲对象也因此在父母的心中拉近了距离，就算他们从未谋面，可是从那些三大姑八大姨口中描绘出来的形象，父母仿佛亲眼目睹了这些准媳妇、准女婿的成长历史，一个劲地催促子女把握机会，似乎错失了良机，就跟中了五百万没有去领奖似的。

　　可是，他们甚至忘了，那些介绍人中，有几个人是活在幸福之中呢？他们中的绝大多数因为小事而计较，东长西短，整日在抱怨和哀愁中度日，早就没有了什么激情可言。婚姻的意义对他们而言早就变成了一日三餐、搭伙过日子，谁家的男人又赚了多少钱，给自己的女人买了多好的小汽车，谁家的女人又开始不正经，在外面勾三搭四。他们终日活在生活的泥淖里不可自拔，却还爱管闲事说什么为你好给你介绍了个多么靠谱的对象哟。

冯木木就是被这一连串的相亲攻势攻下了围城，彻底妥协了。他跟远房亲戚介绍而来的所谓的靠谱的相亲对象接触相处，很快就到了谈婚论嫁的地步。双方父母都迫不及待地催促两个人尽快领证结婚。冯木木眼瞅着自己的年纪越来越大，又迫于父母的压力就听话照办，和女方去领了证。

领证不久，女方便要求冯木木在他的房产本上加上她的名字。她要求得理直气壮，她说："我都是你的人了，你的不就是我的嘛，让你在房子后面加个名字又不是什么大不了的事情。"

冯木木觉得她说得有道理，但是又觉得这个道理怪怪的。他一天不去办手续，她就要讲一天的道理，冯木木是个怕麻烦的人，为了减少不必要的麻烦，他最后还是妥协了，在房产证上加上了女方的名字。

可是他哪知道，他又陷入了更大的麻烦。女方像是手握一张王牌似的，过五关斩六将，很快就要求冯木木坦白相告他名下的所有资产，并要求所有的资产的共有人从冯木木变成和她和冯木木。她的要求还底气十足："我都嫁给你了，我人都是你的了，你的为什么就不能是我的？"

听到这些话，冯木木立马就炸了。他一个人独自打拼多年，吃过多少苦，受过多少累，枕边人却不闻不问，上来就想坐享其成，要平分秋色。他苦恼得睡不着觉，深夜里给我打电话，问我什么是婚姻，什么又是爱情。

这些人啊，一个个都活在俗世里，还要思考哲学家的问题，真是不容易啊。

什么是婚姻，我怎么会知道，我又没有结过婚。

或许正是因为没有结过婚，尚且没有迈出那一步，婚姻两个字在我心中都是神圣的，需要被供养、被敬畏。在我固执的认知里，不是随便什么样子的人就可以牵着手共度余生，也不是别人口中所谓的靠谱的人就能够做到肝胆相照。我们沉沦在生活的本相里，却也不能忘记了当初为什么要出发。

没多久，冯木木的婚姻就宣告失败了。他没能在父母信誓旦旦的靠谱中找到灵魂归宿，却还因此丢了半套房产。他变得和我一样开始畏惧婚姻，却又和我不一样——他不再期待婚姻了。

后来他跟我喝酒，一个劲地奉劝我千万不要去相亲，他说："你以为你能通过相亲能遇见爱情，其实都是扯淡。"

他喝了很多酒，他变得更固执，也更清醒。

可是，不可置否，还是由有相当一部分人通过相亲结识了另一半。相比于夜店寻欢、网络搜索附近的人，相亲来得波澜不惊却也踏踏实实，至少没有几个男的敢通过相亲明目张胆地约炮，大家还是碍于"熟人介绍"的缘故，衣冠楚楚，彬彬有礼，又各守本相。大家目标明确、目的相同，于是就开门见山直奔主题。

为了达成合约，给彼此留下一个好印象，大家不约而同地隐藏了身上种种的小毛病，男士变得绅士有礼，女士变得善解人意，他们将自己塑造成彼此喜欢的样子，像是在演一场又一场的戏码，全身心地投入到对方的考核之中，一点私人感情都不用携带。

于是，相亲也变成了另一种意义上的约炮，只是比约炮来得更光明正大。大家结伴同行，平摊生活，没有激动人心，也没有非 ta 不可，就算枕边人不是这个相亲对象，换成另外一个大差不差的相亲对象，也未尝不可。反正都是过日子，又没有什么生死共许，那么跟谁过，又有什么关系呢？

用不了多久，那些因相亲而结婚的伴侣，也将活成父母生活中的样子，他们会逐渐丢掉曾经的绅士有礼，也会丢掉那份善解人意，他们卸掉了伪装，原形毕露，重新变成了他们本来的模样，他们各自为营，捍卫各自的利益，为小事而争吵，闹得沸沸扬扬。却被他们的父母告知，生活哪里有什么不争吵，这就是婚姻的模样。

可真的是这样吗？

我不知道答案。

我想每个人心中都有各自的答案，相亲——它本来就是爱情的减法，省去了爱情里相当长的必要步骤，没有穷追不舍的毅力，也没有相见恨晚的知音难觅，更别提什么小鹿乱撞了，它做了那么多的减法，将情感挤压得所剩无几，你还能指望它给你多大的海阔天空呀？

我们急于去摆脱单身，急于去寻找另一半，走马观花似的赶场，从一个相亲对象徘徊到另一个，可过尽千帆皆不是，我们最终遇见的只是这个人适合结婚，而并非爱情。

可是婚姻里，又怎么可以没有爱情呢？

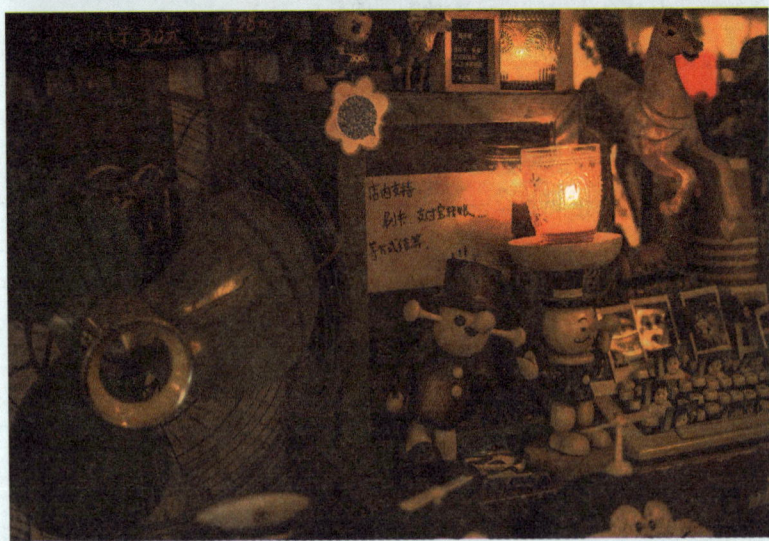

致前任

端木的前女友叫小茂，小茂要结婚了，新郎并不是端木。

都怪我多事，在朋友圈看到小茂发的结婚帖子，我顺手就发微信转给了端木，我还自作聪明地来了一句："你看，新郎长得真是磕碜，连你的十分之一都不如。"

微信发过去还不到10秒钟，端木的电话就打了过来。

"你在哪看到的消息？"他尽可能地保持内心的平静，可声音还是在发抖，颤颤地。

"朋友圈啊，"我回他，"你没看到吗？"

"我看了啊，没有啊。"

"那可能是她把你拉黑了，或者她在更新这条朋友圈的时候有意屏蔽了你。"

"哦。"他冷冷地回了一个字，然后就挂了电话，再也没有理我。

我忐忑不安，总觉得自己闯了大祸，于是在微信上找端木负荆请罪，发了一个又一个的表情，我还以酒为筹码，以此谢罪。端木是个酒鬼，我用脚趾头都猜得到他肯定会兴冲冲地回我一句好啊，但是他没有，他的微信没动静，跟死了一样，吓得我胆战心惊。

迫不得已，我只能给他打电话，谢天谢地，他总算是接了。

我说："拜托小伙子，你不要吓唬我好吗？"

他没接我的话，他说："她要结婚了，为什么没有告诉我？"

"她为什么要告诉你啊？是让你当伴郎，跟她一起走红地毯，还是让你去砸她的场、抢她走，跟你私奔到天涯？或者，你跑过去端起酒杯塞上红包祝她幸福？"

端木被我问得无话可说，他轻声地说："晚上喝酒吧，我请你。"

现在的人崩溃是一种默不作声的崩溃，看起来很正常，会说笑，会打闹，会社交。表面平静，实际上心里的糟心事已经积累到一定程度了。不会摔门不会砸东西，不会流眼泪或者歇斯底里。但可能某一秒突然就积累到极限了，也不说话，也不真的崩溃，也不太想活，也不敢去死。

比如端木。

他坐在我面前的时候还说说笑笑，像是什么都没有发生似的跟我碰酒，然后一饮而尽。他跟我聊股票、聊房地产，聊他新买的运动手表，对于小茂，只字不提。

他越是平静，我越是害怕。

然后他说："新区开了家很不错的小酒吧，我们一会儿一定去感受一下。"我问他具体在什么位置，他说了地址，我才恍然大悟——他说的那个地方，离小茂住的房子只有一墙之隔。

他垂着头，苦涩地笑，不敢看我的眼，他说："我跟小茂分手的时候说，'如果你哪天结婚了，一定要告诉我，给我一张请帖，你开心的，难过的，温柔的样子我都看过，最后我就想看看你不属于我的样子。'她当时还说好，如今倒好，发了朋友圈还屏蔽了我。我知道，就算她告诉了我，我也什么也做不了，可我就是想看看她，哪怕是远远地看她一眼也就够了。"

我把杯子里的酒一口都咽了下去，我说："走吧，如果你想，我可以陪你去敲小茂家的门。"

端木立马就抬起了头，一副仇视的样子看着我，"别找事，明天是她大喜的日子，别毁了小茂的名声。"

那天晚上，端木喝得酩酊大醉，我送他回家的路上，他还在喊小茂的名字，一遍遍地说对不起。我把他丢在床上，他哭得像个孩子，他拉着我的手不肯松，他肯定把我当成了小茂。

其实你喜欢一个人，就像喜欢富士山，你可以看到它，但是不能搬走它。你有什么方法可以移动一座富士山，回答是，你自己走过去，爱情也如此，逛过就已经足够了。

端木跟小茂已经分开两年了，他搬不走它，也绕不过它。

可那时候小茂已经彻底死心了，她交了新的男朋友，早就从失恋的苦楚中走了出来。可端木却在过去的泥淖里越陷越深，不可自拔。他又不肯去打扰她。每次他想她的时候，总会开着车绕过大半个城市抵达她所住的小区门口。他关了车灯，寂静地坐在车厢里，远远地看着小茂住的楼层。幸运的时候，他也会看见小茂走到阳台上晾衣服，远远地看着她的身影，朦朦胧胧。绝大多数的时候，他只能看见亮着的灯又灭了，世界都黑了。

满心想你，却只字不提。你知道就知道，不知道也就算了。口里的爱不及心里的千分之一。说的大概就是端木的处境吧。

他想把小茂追回来，他也不是没试过。刚分开那会儿，他想像重新认识小茂一样约她吃饭喝咖啡或者看电影，但都被小茂礼貌又客套地拒绝了。她不再爱他，或者，她不愿意继续再爱他了。

他们之间有了空隙，刚开始只是一条短短的裂痕，后来变成了长长的不可逾越的鸿沟。所有分手过的情侣都在彼此身上打上了过去式的烙印，再也回不到从前。

可是这些，小茂都不知道。她大概也不愿意知道了。

那个看起来毫不在乎你的人在聊天窗口写满了要对你说的话，可是却一直都没按发送键。那个决绝果断拖你进黑名单的人，在别的地方悄悄关注着你的喜怒哀乐。那些你以为与你再无瓜葛的人在那么多个容易脆弱夜里，却是忍住了一万次想要联系你的冲动——多得是，你不知道的事。

第二天天还没亮，端木就失踪了。

我还以为他在卫生间，迷迷糊糊地喊了他的名字，没人应我。我一个激灵，困意全无。

后来我才知道，他请了假，开着车绕了大半个城市来到了小茂家附近。鞭炮声响了，车队来了，小茂被新郎官抱了出来，端木回忆说："她穿婚纱的样子真好看，像个公主，跟我想的一模一样。"

他默默地跟在车队后面一个多小时，陪着她的婚车穿过高楼大厦，又绕过人海茫茫，外面敲锣打鼓声，鞭炮声，声声震耳，他的手机响了，是一条微信："别送了，我到了，对不起。"

端木踩了刹车，一刹那哭得像个孩子。

他没有勇气跟她去婚礼的酒店，也没勇气看到别的男人牵着她的手宣读爱的誓词，他觉得世界开始摇摇欲坠，却又格外宁静，他总算体会到了心力交瘁，却再也无力回天。

有些歌在你的手机里存了好几年，哪怕它已经过了黄金期，还是任性地霸占着你的播放列表，它们通常是你最开始播放的那首歌，也通常是你随即播放的结尾。一首歌是一个故事，一个回忆和一些人，有些人相隔万里没有时差，就像你戴上耳机时出现的那首歌，永远那么恰到好处。

可是一切都已经结束了。

就像有一天，你会发现，你喜欢海岛但没有机会去马尔代夫，冰箱里有鱼丸但没有粗面，一个很好的朋友突然翻脸，深爱的人永远离开，认真做的东西真的没人喜欢，你又会发现龟苓膏里面并没有龟，珍珠奶茶里面也没有奶，你以为的通常都不是通常，撒娇不行，生气没用，愤怒徒劳。

只有苍茫地接受。

可是我们绝大多数人都不愿意接受"昨天还明明手挽着手，今天怎么就能做到形如陌路"的事实。有些东西永远都可能止步，你回头了，只能是在往回走，而一段感情就是这样，没有所谓的刚刚好，只有伤了心以后，发现还是忘不了。

比如夏树。她和男朋友在一起的时候没完没了地争吵。她漂亮，也骄傲，每次他们吵得不可开交的时候，她总会气急败坏地用枕头砸他，她歇斯底里："我怎么就找了你这样的男朋友？我们迟早会分手的。"

不知道该祝福夏树，还是该替她惋惜。她的"预言"终究成了真，她和谈了两年的男朋友各奔东西，总算不用再去吵架，也不用去关心他有没有熬夜，会不会加班了。她恢复了单身，痛痛快快地玩了两天之后，夜深人静的时候开始觉得心里的某个地方变空了。

她想起她喜欢他的时候，他的眼睛里有日月晨曦，有山川虫鱼花草鸟树，有星星划过的夜空，有透过树缝的阳光，而她的眼里，除了他，所有的美好都失去了色彩，怎么说，他是她世界上五光十色五彩斑斓的存在。

她也想起他们互相争吵，歇斯底里地互相折磨。大冬天里，她气得直跺脚，穿着睡衣就往外跑，他站在原地没有动，再回头的时候才发现他就跟在她身后，脚下穿的还是凉拖鞋。她流泪，一边哭一边骂他是不是傻。他不动声色，一把将她抱在怀里，他问她："你才傻，对不对。"

他们分手第三天的时候，他依然没跟夏树联系。

这下夏树彻底不淡定了。她开始反思自己，自我拷问自己是不是真的太过分了，她小心翼翼地给他发短信，问他吃饭了没有。

他不回她。他再也没有回过她。

夏树彻底慌了。她变得低声下气，她求他回来，她说她会改掉坏脾气，她说她会变成他喜欢的样子。

他想了想，说好。

可是，夏树只坚持了一个星期，她又变成了从前的夏树，会争吵，又不懂得宽恕。

"每次失望一次，我就少做一件爱你的事，直到最后备注改成全民，取消特别关注，上线不主动找你、收起你送的东西，删掉你所有的照片，再也不偷偷看你的时候，就是该说再见的时候了。多年后你会不会记得，曾经有一个人很努力地珍惜过你。——失望是一天天积累的，离开是很长的决定。"说的大概就是夏树的男朋友吧。

后来，她彻底丢了他。

她喝酒，又放纵自己。但是他再也没回过头。

——他们都说，放你离开，你会有更广阔的天空和未来。我承认他们说的很对，我再纠缠你就是自私了，可是我能怎么办，我只能自私到底啊，感情的事情怎么可以那么大大方方。目送你去别人的怀抱我做不到，我会更努力，达到一定的高度再来拥抱你，所以你好，还会再见。

——再见面的时候，我希望你萎靡不振，自甘堕落，醉生梦死，然后我像以前一样耍宝逗你开心，让我依然觉得自己有用。可我又怕见到你过的不好，因为整个世界上没有人比我更希望你幸福。

可是，再见面的时候，是在他的婚礼上。夏树要我假扮她的男朋友，盛装出席，她说，她不能输，她一定要把那个叫新娘子的小贱人比下去，让他看见如今的她活得幸福又富裕，男朋友都是小鲜肉。

她还给我带了礼服，弄得好像结婚的不是她的前男友，而是她和我。

不过，她所有的伪装和坚强在剥开一颗喜糖的那一瞬间终究是土崩瓦解了，她问我："世界上有没有什么糖是苦的？"

我回答她："咖啡糖。"

她垂下了眼："不对，是他的喜糖。"

婚礼还没开始，她就跑了，她说："我输了。"

夏树没有输，输的只是在一起的那些日子。

胡杏儿结婚了，对象不是相恋八年的黄宗泽。她说："我的前任和前前任都很棒，他们一个教我做温柔的女人，一个教我做成熟的大人，但我最喜欢现任，他教我做回小孩。"她把青涩和挚爱都给了相恋八年的黄宗泽。最后把生活给了认识不到两年的李先生，这就是人生的出场顺序，爱得早不如爱得刚刚好。

我们在感情里互相纠缠，至死方休。我们曾年轻又稚嫩，想要爱，却又不懂得如何爱。我们遇见过好人，也遇见过人渣，我们伤害过别人，也被别人伤害得遍体鳞伤，我们诅咒前任，也曾被前任诅咒，可是这样的我们，终究是未能释怀的我们。

那些爱过的痕迹，依然以某种储存量的方式深埋在心里的某个角落，不小心按下某个按钮，总能有种昨日再现的恍若如梦。

你想他，你还爱他，又有什么用？

你恨他，你想杀了他，又有什么用？

鱼刺卡过喉咙你却还是喜欢吃鱼，被狗咬过被猫抓过你却还是热爱动物，满口蛀牙你却还是嗜甜如命。他弃你于千里之外，你却还是愿为见他走遍千山万水，道理是相同的，你喜欢，你甘愿。

有一个民谣青年曾说，最单纯的喜欢就是，就算你拒绝了我，我对你也永远没有埋怨。但我不会再靠近了。如果你有求于我，我依然会鞠躬尽瘁。从今往后我会把喜欢藏起来，不再招摇过市了。

我会努力过得好，希望你也是。

TO 所有前任们。

最苦的日子都熬过去了，你还怕什么

我的好朋友老赵生意破产那会儿，他老婆正在跟他闹离婚。她一口咬定老赵在外面有了小三，他的生意之所以破产是因为他们想转移财产，让她落个人财两空。她独霸了两套房子，还以养孩子的名字转移了两个人共同的存款，老赵被赶出了家门，一无所有。他一夜之间就苍老了许多，当初那个年轻有为的小老板气场全无，憔悴又落魄。他没钱住酒店，一时半会儿连个落脚的地方都找不到。后来他给我打电话，吭哧吭哧了老半天才把话题绕到正题上，问我方便不方便收留他几天。

我见到他的时候，他正蹲在我小区门口抽烟，胡子也不知道几天没刮了，看起来又邋遢又苍老，他有些尴尬地朝我挤出一丝笑："真是不好意思，给你添麻烦了。"

"说哪里话，都是朋友。"我说着，就拍了拍他的肩膀，除了这些，我也不知道还能怎么安慰他。

老赵在我家住了下来。他变得沉闷又寂静，还时常跟我客套，像是欠了我很多钱似的，弄得我心里都发虚。他多半时间都呆在家里，躺在床上一动也不动，有的时候我下班回家看到有气无力的老赵总会吓一跳，生怕他一时半会儿想不开自寻短见了。

于是，我想办法开导他，请他吃饭喝酒。他也不吃东西，只埋头喝酒，喝到一半，他趴在桌子上哭了起来，他说："我这辈子算是完了。"

我拍他的肩膀，我说："不是说男人四十一枝花吗，你才三十出头，还含苞待放呢。"我讲笑话的能力肯定太弱了，老赵哭得更惨了。

很多年前我刚认识老赵的时候，他还是个寒酸少年，他端过盘子洗过碗，想要赤手空拳打下一片天。为此他没少吃苦头。有一年的夏天，他独自包了一辆大货车跑到新疆拉西瓜回来卖，他吃住都在大货车上，挨家挨户地去瓜农地里挑西瓜，再一个个地抱到货车上，生怕混进去一个坏掉的。这趟折腾下来，他赚了人生第一桶金——两万块钱。那时候两万块钱对我们很多人来说还是个大数目，我们辛辛苦苦一整年还不一定赚到这个数，老赵却用10天就做到了。他抱了个西瓜来请我们喝酒，切开西瓜的那一刻，他笑着说，这是他这辈子吃过的最甜的西瓜。

他比我们都能吃苦，也比我们混得都要快。我们刚毕业还在为了工作一筹莫展的时候，他早就注册好了公司，开始做外贸生意，一单单地接业务，做得风生水起。他很快就买了房子，又结了婚，生了孩子，活成了我们羡慕的样子。

可是，谁也没有想到，如今，他又从云端摔了下来，重新变得一无所有，前妻连儿子都不让他见一面。他苦恼得要命，开始学着抽烟，握着烟的手都时常发抖。

我在心里感慨，老赵这辈子怕是真的要一蹶不振了。他还是个穷小子的时候没见过什么世面，面子不面子都无足轻重，所以什么都能放得下。可是他顺风顺水的这几年做了大老板出入都是豪车接送，他享受过金钱堆砌起来的生活，向来都是别人看他的脸色，如今他又被命运抛下了车，让他再顶着一把年纪去看别人脸色开拓事业重新开始，难，难于上青天！我做记者那些年又不是没有碰到过，那些风风光光的大老板在事业破产之后再也不愿意抛头露面，天天缩在屋子里哪里也不愿意去，生怕被人看不起。

我们懂得很多道理，可依然过不好这一生。

这样过了没多久，我就在下班回家的时候发现老赵失踪了，我吓了一大跳，生怕他想不开去做傻事，急匆匆地给他打电话，打了好几个都被他挂掉了，我更担心了。

没多一会儿他给我回了个电话，我胆颤心惊，生怕他跟我交代后事，我急急地问他："在哪呢？怎么连电话也不接？"

他平静地回我一句："在跑车呢。"

我才刚刚松口气，心又快跳到了嗓子眼里了，跑车？这也是要变相自杀啊？我吓得手心都冒汗了，我说："你可别想不开啊。"

他愣了一会儿回我："哥们，你想啥呢，我在跑专车啊，先不说了，客户给我打电话了，我着急去接他。"

他说完就把电话挂了，扔下我一个人一脸的懵逼。

老赵不是去自杀了，而是去当专车司机了，我一时半会儿没反应过来。

那天晚上，老赵很晚才回来，他买了啤酒和炸鸡，满脸笑容地推开了门，他说："今晚我做东，请你吃个宵夜。"他脸上都是汗，他说："我今天跑了一天的专车，还别说，赚了四百多。"他把软件打开，跟我炫耀显示的金额。

四百多块钱，在他没有破产之前，还不够他吃一顿饭。如今皱纹已爬满他的脸，可他依然笑的苦涩又从容。

我以为他到这个年纪，跌倒了就再也爬不起来，从云端跌入地狱的日子不好过，可他没有一蹶不振，还是想办法朝人间爬。

摔入地狱的，不见得就变成了鬼，但是在地狱里沉沦的，注定会成为老鬼。

老赵跑了两个月的专车，刚刚赚了点血汗钱就跑来跟我交房租，他说他不能白吃白住。他跟我告别，他说他把车给卖了，准备拿这个钱去包工程。他已经年过中年，脸上依然憧憬着希望。我将钱悄悄地将他留下来的钱塞回他的钱包里，我还是拍了拍他的肩膀，我说："老赵，你会东山再起，你会风光依旧。"

他去了项目工地，吃住都在工地上。我去看过他一次，他住在简易的钢板房里，没有空调，只有一个破旧的电风扇呼啦啦地转，把屋子吹的尘土飞扬，进到屋子里就像是掉进了大蒸笼，站着不动都会出一身汗。他递给我一瓶水，呵呵地朝我笑。

他比之前更黑了，也更瘦了，我还跟他开玩笑，我说："这可比去健身房有效果啊。"我的玩笑一点都不好笑,老赵都笑不出来。

但起码,这一次,他没有哭得暗无天日。

老赵又变成了从前的那个老赵,肯吃苦,又不把面子看那么重。他项目工程接了一个又一个,虽然都是小活儿,但好在回款快,不用天天去堵项目部闹维权。他从失败的阴影里站了起来,一点点地从地狱爬回了人间,后来我问他,"是什么让你鼓起勇气连专车司机都愿意做的?"

他抿了一口酒:"我不为自己,就算为了我儿子,我也得去搏一把,难道等他长大被人戳脊梁说他有个失败的爹吗?更何况,我又不是去偷去抢,我靠自己的劳动赚钱,任何时候都不丢人。开专车算什么,让我扫大街我都能干。"

如今,老赵逐渐站稳了脚,他挤地铁,吃便当,打出租车去谈项目,他重新变得节约,也重新明白人生的分量。

有人说,真正的成长是永远也不会再在旁人面前哭了。自己躲起来偷偷地哭,小声抽泣着哭,不会将这种情绪招摇过市了,不愿意让任何人看到自己的脆弱和无助了。

我深表赞同。可是成长绝对不是哭泣,经历过那么多惨淡无光的日子之后的脱胎换骨,绝不是为了一次又一次躲起来偷偷地哭,而是勇敢地站起来跟命运相搏,奋战人生。最苦的日子我们都熬了过来,还有什么好恐惧的?最艰难的日子我们都走了过来,还有什么不能走下去的?

所以,不要怕,勇往直前。

你早晚会见到那缕光。

　　爱情没有对错，却有输赢。谁在感情中下的赌注越大，
付出的越多，并不是代表就是最终的赢家。

第三辑

讲些故事,

让你明白所剩无几的青春

"四大天王"不是王

我很少去怀念少年时的生活。在我年少的时候，我唯一的梦想就是长大，快点长大——尽管那时候，每一个同龄人都或多或少怀揣同样的梦想，对于他们而言，长大意味着摆脱家长的管教，摆脱学校的束缚，这种"成长"被赋予了自由和热情的使命，而于我而言，却是出于自保。

对，是自保。我11岁就开始了寄宿生活，二十来个人挤在不足二十平米的宿舍里，上下铺，两个人一张床。很多年后的今天，我对那时宿舍唯一的印象就是冷冽，尤其是在冬日里，一群乳臭未干的毛头小子在下了晚自习之后挤在狭隘的宿舍里叽叽喳喳，宿舍的地板上永远都像能养鱼的沼泽，湿乎乎的。谁的被子要是不小心掉在了地上，那晚上真的要受冻了。

那时候我们要自己蒸米饭，在铝制的小饭盒里淘米，用水也能成为引发"战争"的导火索。每个中午，校园的水龙头旁都要上演一场"抢水大戏"，黑压压的少年少女齐刷刷地攻占为数不多的水龙头，一定要争个你死我活。可偏偏那时候我长得又矮又瘦，根本就挤不过高年级的学长们，只能呆若木鸡地见证一场又一场的"撕斗"——几乎每一天，总有热血方刚的好斗少年为了水龙头而战，唯一让我感到幸运的是，"战事"并未殃及无辜。

不过，这并不代表我的少年求学路就是一帆风顺的，实际上恰恰相反，用命途多舛来形容一点都不为过。要知道，那时候我除了矮瘦，还尤为胆小内向，时常在课堂上走神发呆。我也不知道我脑子里究竟在想些什么东西，反正它总能轻而易举地越过老师的教学课程跋涉到千里之外，比如老师在讲解边塞诗歌的时候，我的脑子里总会晃出一场栩栩如生的边塞战事：大漠冷冽，狼烟四起，战士浴血，国破山河……场面堪称壮观。可是，现实却一点都壮观不起来。每当我走神走得兴致勃勃的时候，总会被老师点名叫起来回答问题，我惶恐不已，支支吾吾半天吐不出一个字来，而这也成了他们嘲弄我的方式。

他们——就是为虎作伥的"四大天王"，这个头衔是他们自封的，他们仗着父母是学校教员，自己又是老师眼中的"天之骄子"，所以一定要摆出一副高人一等的架势来，头衔只不过是这场架势的开始而已，为了达到更直观的高高在上的效果，他们做的最多的事情就是恃强凌弱，刚不巧，我就是他们欺凌对象中的一员。

现在想来，那段日子简直就是我的噩梦，我随时都要提防他们对我的突然袭击，简直比脑海中的"边塞战事"还要惨烈悲壮。猛烈的拳头总会毫无防备地击中我的后背，细碎的疼痛像蚂蚁一样钻进了我的身体里，吞噬着我的心窝窝，疼得我站不起身来。

而袭击我的"四大天王"却笑得前俯后仰，好像这世上总有那么一种人，能把自己短暂而又卑微的快感建立在别人的痛苦之上，对此，我却又束手无策。且不说我瘦小单薄，单单就我一人，如何是他们四个人的对手，我又不能找老师告状，我不是没试过，一点用处都没有。既然惹不起，我就躲着，远远地看见他们我就跑，可我不曾想过，他们却变本加厉。

于是，在那些悲悯又无助的日子里，我唯一的梦想就是长大，快点长大，变得强大起来，这样我才能保护自己，不再受人欺凌。我无数次做着这样的梦，也无数次被现实淋醒，面对惨淡的一天，甚至有一段时间里，我产生了辍学的念头。

也就是在我产生辍学念头的时候，我被烫伤了脚。

那是炎热的夏日，同桌倒掉杯子里的白开水，却不小心泼在了我的脚后跟上，也就是那么一瞬间的工夫，我的脚后跟活生生地蜕掉了一层皮，我疼得哇哇大叫，那种火烧一般的疼痛我终身难忘。现在想起来依然心有余悸。不过，也正是因为这件事，我开始真正地走进了同学的视野中。我永远都忘不了那些温暖的日子，女生们会轮流地帮我打饭送菜，我再也没挤过水龙头，再也没有看到一场又一场"战役"。

因为烫伤的缘故，我变得寸步难行，也因此成了男生们重点保护对象，进出宿舍，出行卫生间，总会有高个儿男生背着我，"四大天王"再也没对我动过"武力"，世界开始变得安宁了，寂静的时候总能听见微风吹来，不动声色。

我熬过了夏天，慢慢好了起来，可是"四大天王"却没有。

准确来说，是"四大天王"中的一员没有。就在我烫伤的那段日子里，"四大天王"中最白净也最凶狠的那个少年被查出了脑瘤，他叫王醒，我忘不了，也永远不会忘记他的名字。不过，他却再也没有醒过来，我目睹了他的凶狠残暴，也亲眼看见了他慢慢虚弱。我的烫伤慢慢好了起来，但是他的病情却一天天地恶化了。他开始旷课，开始请假，直至再也没有出现在教室里。尽管如此，我们还是狭路相逢了。

那已经是深秋的时候了。

我在放学回宿舍的路上碰见了他，他坐在轮椅上，被他父亲推着朝家里走。他变得异常憔悴，脸上是没有血色的苍白，又瘦又干瘪，像极了一年前的我。不过，我永远都做不到凶残地对他袭击，将沉重的拳头捶在他的后背上。

我永远都成不了那样野蛮和残暴的人，可我也知道，他也一样了。

那应该是我见过他的最后一面，我们之间没有问候，没有言语，只有相视时的一笑。他看了我一眼，目光浑浊，却很快地低下了头，我想，他应该也是很难接受今天的样子吧——变得比曾经欺辱的对象还要虚弱不堪，确实不是一件多么光彩的事情。

日子过得快了起来。因为那场"劫难"，我收获了真正意义上的朋友，我还住在那间像沼泽一般的宿舍里，冬天冻得瑟瑟发抖，跟我睡一张床的男生很温暖，天冷的时候会帮我暖脚，这让我实在过意不去。我也不再胆怯，逐渐变得开朗起来，尽管我依然瘦小，可已经不再有人欺负我了，我上课的时候也不再走神，成绩也慢慢赶了上来，只是我再也没有见过王醒。

那年冬天，学校发起为王醒捐款的活动，我把我身上仅有的二十元钱放进了捐募箱——那是我一周的生活费。十几年前，生活还没有今天这般宽裕。为此，我啃了一周的馒头就咸菜，天寒地冻的寒冬腊月，冻得浑身发抖，可一点都不曾后悔过。

只是不知道当初的"四大天王"是否曾后悔过。

次年的春天，迎春花刚刚绽放的时候，王醒离开了。

我没有去送行，"四大天王"中的另外三人也没有去，少了一个人的"四大天王"总觉得像是少了个胳膊或者一条腿，也就此没落了，再也没人恃强凌弱以此自居了，没过多久，这个头衔也没人再提起了。

蓝天白云，悠悠万里。

十几年后的今天，我终究是长大了，也懂得更妥善地保护自己了，可想起旧事，免不了暗自思量，那些被温暖过的日子，就像暖流一般从心中流淌而过，冲洗了所有的悲壮。而那些悲悯的日子，像风像雨也像梦，沉沉地睡在时光的甬道里，再也没有醒过来。

老王

1

我想讲讲老王。

老王不是隔壁的老王。

老王是我的大学同学。

前不久我经济陷入困顿，我盘点了一圈，也没找到一个可以借钱的人。

后来我想到了老王。

我给他打了个电话，我说："老王，你手头宽裕吗？"

"你要多少？"他回我。

我说："两万。两万你有吗？"

"应该有，"他说，"不过你等下 ，我查下账户。"

挂了电话，我内心一片彷徨，毕业这么多年了还陷入如此窘迫之地，心里难免会五味杂陈，再想起这些年来的积累最后连个可以借钱的人都没有，又觉得有些可悲。

不过，老王最终宽慰了我。

很快，他给我回电："你银行卡号多少，我现在转给你。"

疲惫的心忽然就被温暖了。

其实，我就知道，老王一定会帮我。

2

还是要从9年前说起。

刚上大学那会儿，他比我晚了半天来到宿舍。

那还是九月，暑热还未散去，知了还藏在枝头叫。

一个黝黑的小伙子背着一个厚重的编织袋满头大汗地推开了宿舍的门，吓了我一跳。

那是我对老王的第一印象，这些年来依然记忆犹新。

"卫生间在哪？"他擦了一把额头的汗，问我。

"在那。"我指给了他。

"刚来郑州，有些水土不服。"

好巧，我也是。

大概是因为有着共同的"水土不服"，我和老王也算得上"同仇敌忾"了。

我们宿舍一共6个人，单单我们两个走得比较近。

不过，老王的"水土不服"很快就适应了。

我却适应了好几天。

3

物以类聚，人以群分。

电视剧里的某些恶角色总喜欢拿这句话来排挤被欺负的对象，短短8个字，总能被说出一副趾高气扬的架势，处处都是排挤，处处都是针锋相对。

可是，平心而论，这8个字本身就无感情色彩可言，却又讲出了世间真理。

贫民窟里能走出百万富翁，却没有哪个百万富翁愿意住在贫民窟。

王侯将相能跟平民成为朋友吗？当然可以。可是这些能跟王侯将相做朋友的平民却尽非等闲之辈。

大学的时候，我和老王之所以能成为关系很好的朋友，大概是因为我们都比较穷吧。

我们都是从普通人家出来的平民子弟，东拼西凑好不容易凑出来的学费，唯一可以炫耀的大概就是能吃苦吧？

大一的暑假老王跑到广州做暑假工。

而我缩在破旧的城中村租来的暗无天日的小房子里写小说。

那时候还没有微信，我在QQ上给他留言，问他的近况。

他回我总是很简短，有的时候是一句话，有的时候仅仅是一个笑呵呵呵的表情。

我们各自为生活奔波，又期待能够殊途同归。

暑假之后，再看见老王，他比之前更黑了，简直就像个煤球，刚刚从煤窑里爬出来似的。

老王跟我讲他的暑假工。他说他在广东帮人晾晒东西，倒也不累，就是每天正午的时候总要去给晾晒的东西翻一下，烤得不得了。

末了，他补充一句，干了四十天，每天工资是80块，包吃包住，赚了3200块，扣掉来回的路费，还有2000块多一点的结余。

这个时候的老王笑起来，牙齿就更白了。

可我却怎么都笑不出来。

4

我心疼他，却又什么都帮不了他。

这种"心疼"甚至一点意义都没有。

我们屈从在这种命运之下，想变得好一点，再好一点，很多时候并不是为了我们自己本身。

更多的时候，是希望再"好"那一点点之后，我们有能力也有办法去真正地"心疼"我们想要关心的人。

而不是那么苍白地、又毫无力气地目睹着，却什么都做不了。

赚了2000多元工资的老王很满足，特意请我吃了一顿饭。

吃饭的小馆子就在学校附近，老王很好爽，点了好几个菜，我一个劲地提醒他"够了，吃不完的"。

可他还是坚持要点，他说："放心吧，有我呢，我能吃完。"

那顿饭我吃的食之无味，感觉每一颗米粒都沾染了老王的血和汗。

谁知盘中餐，粒粒皆辛苦。其中滋味，尤为扎心。

老王却吃得津津有味，他还一个劲地给我夹菜，问我："吃啊，你怎么不吃啊！"

5

不过，老王跟我又不同。

老王穷，但自信。

我穷，但是自卑。

我们同样戴着生活的枷锁朝前走，他走得抬头挺胸，我却走得低沉落寞。

后来我的稿费渐渐宽裕了一些，我请老王去市中心吃饭。

邀请了好几次，他都推辞不去。

后来实在是执拗不过我，就拉着我去学校附近的小馆子，还是那间门面，小菜馆变成了拉面馆。

老王就点了一碗拉面。

我要加个凉菜都被他拦住了。

"那么浪费干嘛，能吃饱不就行了。"他一口扒拉着拉面，头都没抬起来看我。

这个老王，真是会替我省啊。

我也不知道该高兴还是难过。

他帮过我那么多，我却无以为报。

连有意请他吃一顿都没能好好表现。

6

想多了会觉得累。

可还是会忍不住去想。

过去那些年走过的路，经历过的岁月，汩没在时光无尽的星海里，除了记忆，却丝毫找不到探究的路子。

像在雪地里走路，留下来的脚印，一深一浅，又很快被大雪掩埋。

我畏惧冬天，却也在冬天被温暖过。

老王也是那些苍茫岁月里的一把火，温暖了整个冬天。

我怎么也没想到这个位居北方的还算不错的大学，学生宿舍里的暖气片竟然会是一个摆设，偏不巧那年的冬天又冷得像个冰窖，大概和虚竹被天山童姥扔进去的那个冰窖毫无二致。每天晚上爬上冰冷的床都成了我人生的噩梦，我现在想起来都会觉得双腿都是冰冷的，尽管现在是夏季。

因为穷，又畏于跟家人要钱，那时候的我连一床被子都舍不得买。

入夜之后的晚上，我将脱下来的棉衣一件件地搭在被子外面，可是冰冷依旧，总是觉得被窝里藏了一个叫冰的怪物，一层层地吞噬掉我仅有的温度。

很多年以后，许鞍华执导的《黄金时代》上映的时候，我跑去看了，汤唯演的萧红缩在破旧的房间里写小说、发抖，真实又无力。恍惚中，我像是看到了曾经的自己，一瞬间，泪如雨下。

我这些窘迫的样子也一一被老王看见了。

他没有揭穿我，丢给了我一床很厚的棉被子。

我推辞，他却朝我挥了挥手，他说："我不怕冷。真的。"

真是温暖呀。

7

少年不经事，欲说还休，却道天凉好个秋。

想起朦朦胧胧的日子，总觉得恍若如梦。

一晃这么多年过去了，我们曾经挤住在城中村的小破屋，买一块钱的面条，两块钱的青菜煮出来的清水面，吃得心满意足。

我们彼此成长，一起经历，共同见证了彼此心酸的时刻。

后来大学毕业，老王毫不犹豫地选择回到了家乡，他还算幸运，签了一家银行，一点点地开始积累起来。

离别那年，我问他："外面的世界那么精彩，怎么也不去看看，就那么甘心回去了？"

他还是没看我的眼，幽幽地回我："走那么远干嘛，最终还是要回来的。"

当初听到这句话，也并没有什么感触。

可是，这些年来，我漂泊过了一些地方，又见到了一些人，每次想起这句话总觉得一阵心酸。

我最终还是回来了。回来以后的我，依然买不起房子，找不到适合的伴侣。

可是，我却没法跟老王讲述我这些年——这些漂泊在外的日子所经历的林林总总，吃过的苦头，或者学习到的新技能。我历经了沧桑，我变成了一个全新的我，而老王，回到家乡的老王，是不是也变成了一个新的老王呢？

可我呢，一无所有只剩下孤单的我，梦里惊醒的时候会不会也羡慕老王呢？

我不知道答案。

我们都是没有后盾的人。

我们唯一能靠得住，大概就是自己的脊梁，是沉埋在人海中的小小的自己。

8

有时想想，现在的老王是不是另外一个我呢？

如果这个世界存在平行空间，有另外一个我选择了老王那样的生活，过着老王那样的生活，也算是一件值得我羡慕的事情。

起码现在来说，是这样的。

早些年，我和老王一样，无人成为我们的铠甲，也无人成为我们的软肋。

可是，如今的老王将我甩在了身后，他总算丢掉了那些卑微贫困的日子，买了房子，娶了媳妇，生了儿子。

他有了铠甲，也有了软肋。

而我依然什么也没有。

可我还是要朝前跑，努力地朝前跑，成为更好的自己，哪怕孤身一人，也要努力变得更好。

即使依然没有后盾。

这样，未来的某一天，当老王，或者和老王一样对我有重要意义的人，面临困境的时候，我能有足够的能力朝他们伸手，用尽力气。

一如现在的老王借我的那两万块钱。

我们已经很多年没见了。

我还真是想念他呀。

最初的时候想当英雄，想变超人，想成为被光环围绕的很厉害的人，后来啊，后来只想做一个普通人，养一只猫一条狗，有一个小房子和一个爱人。

剩男剩女真的没得选吗

1

坦白讲，进入27岁以后，整个人都处于失控的状态。在相当长的一段时间里，我总是失眠，凌晨两三点的时候大脑依然清醒，毫无困意。我躺在床上辗转难眠，手机灿白的光总能刺疼我的眼。

要不是心疼换手机的钱，我早就把手机给摔了。

有天早上在刷牙的时候看到大学同学在朋友圈转发"如果工作到40岁，突然失业了，怎么办"的文章，老王在下面回了一句："买保险。"

我回了老王一句："买保险也没啥用好吗？"

我们怎么能用保险来保障失业以后的生活？且不去考虑保险的专业范畴，就算保险能够保障失业以后的生活，好像你们都交得起保险费一样似的。现在保险费也不见得有多便宜啊。

已婚的倒也还好，毕竟他们彼此已经找到了另一半。不管是否如意，起码见到家人朋友的时候不会再被催问"你什么时候结婚啊。"

每当这个时候，剩男剩女就显得尤为悲壮，毕竟，这个社会对剩男剩女的包容度也没有那么高。这种感觉就好像别人都已经结婚了，偏偏你没有。

那么，在他们看来，你是有问题的。

2

很遗憾，小 K 也是其中一员。

如果说小 K 长得又丑又矮就算了，可偏偏不是，他长得虽然不算高大，但也是将近1米8的个子，颜值算不上惊为天人，但站在人群中绝对算得上显眼的那种人。身体又不残疾，也不高冷，走到哪里都会主动帮身边的朋友拉门卷帘，以至于小 K 有个外号叫"扶手"。

这个"扶手"不仅暖，还自带赚钱功能。

见小 K 单着，他身边的同事朋友没少为他发愁，纷纷给他介绍女朋友，从售楼小姐到保险销售员再到媒体记者。更夸张的是，小 K 去参加同学的回请宴，一晚上竟然被介绍了8个姑娘，个个肤白貌美，应有尽有，小 K 却一个也没看上过。

没看上也就算了，还把人给得罪了。

介绍人明里暗里都一个劲地指责小 K 活该单身，都一把年纪了还挑三拣四的，干啥呢！还有人背地里嚼舌根，说小 K 是个 gay。

这话没多久就传到小 K 的耳朵里了。

他一声不响地跑来找我喝酒，我打趣他："怎么着？难道你还真是

gay？难道你还看上我了？"

小 K 白了我一眼："要是看上你了，早就把你给上了，还用等到现在？"

吓得我马上把嘴巴给闭上了。

3

小 K 喝干了一瓶啤酒，话匣子就打开了。

他问我："你现在找对象会看什么？"

"看说明书？"

他噗嗤一下就笑了，笑容很快就被风吹散了："什么说明书啊，你以为是买家电呢。如果每个人真的附带说明书功能，那也就是能看到对方的身形长相和穿衣的品位，其他你还能看见什么呢？"

"问题是，你想看到什么呢？"

他眨了眨眼睛，瞳孔深处露出了一抹雀跃的光："我想看到对方闪烁的灵魂。"

我操，整个一傻逼。

骂完他傻逼以后，我开始陷入久久的寂静。

4

我和小 K 一样，步入了同样尴尬的年纪，承受着这个年纪带给我的衰老和分量。

我经常会失眠，也会因为找不到对象而苦恼，我时常会问自己，想要的对象到底应该是什么样子，我要找的那个人一定要很好看吗？一定要有高挑的身材和白嫩的皮肤吗？一定要从事什么样子的行业、拿着怎样的薪资吗？

偏不巧，这些看似是"说明书"的形式，好像都不是我找对象的标准。

但是一定有一个标准，是你发自内心的渴望的，是穿越你肉体之后汇聚在你的灵魂深处怦然一瞬间爆裂出来的那道火花。

这大概也是我们追求的由形汇成神的东西，很虚无缥缈对不对，很多人也称之为感觉。

就像小K一样，在见了形形色色的相亲对象，在历经希望和失望之后，想要的是什么，也就越发凸显了。

这些被剩下的我们——当然你们也可以称之为剩男剩女，更该有权利和态度去争取心目中的那道火花。

那么，因为被剩了下来，就真的没得选了吗？

5

坦白讲，现在的年轻人真的是可怜透了。

工作了以后被老板逼着出业绩，回到家里还要被父母逼着去结婚，来到社会还要被房价逼得嗷嗷叫，回到小窝又要被房租逼得欲哭无泪。

这得多糟糕啊。

但是，我们来到这个世界上，我们在经历过那么多糟糕的事情之后绝对不是为了妥协和将就，也绝对不是为了随便找个人来过日子打发余生的。

我们一生的奋勇，甚至是孤注一掷，远远高于我们追求的本身。

谈恋爱、结婚不是我们去读大学、找工作，这个学校不喜欢我可以努力点选择个更好的学校，这个工作我不喜欢，我可以努力换一个更好的，可是，你结婚的对象你不喜欢呢？你能轻轻松松跟 ta 握手言和说"我们不要在一起了、我们离婚吧、我们各奔东西彼此寻找各自的幸福吧"？

所以，作为剩男剩女的我们，不仅要选，还要精挑细选。

6

那么，如何选好像成了一项神圣而又庄严的决定。

其实，被标名为"剩男剩女"的我们，不是没得选，而是不知道如何选。

我有一个特别好的朋友，叫小 A，已经单身快三年了。每次我问他，怎么还不谈恋爱啊？

他一脸无辜地看着我："大哥，我也想了。可是我找不到靠谱的人啊。"

这说明什么呢？说明我们被剩下来也是有原因的，很大原因就是不靠谱的太多了，喜欢乱搞的太多了。

小歌就是被骚扰中招的那粒沙。肤白貌美的她开了微信，手误点进了微信附近的人，每过多久，就一堆大老爷们发来打招呼："美女，你好，交个朋友吧？"还有更直接的，上来就是一句："约么？"

约你大爷啊！

打那天起，小歌把头像也换了，换成了鹿晗，她还在微信上找我炫耀了一番：安能辨我是雄雌。

我回她，是雌是雄，搜一下附近的人就知道了。

小歌还真试了一下，结果照旧有十几个人打招呼："约么？"

后来，她直接把头像换成了《唐伯虎点秋香》里的如花。

7

社交软件真的是很牛逼，轻而易举地就能拉近人与人之间的距离，也能轻而易举地毁掉人与人之间的尊重。

毕竟我们是洁身自好的人，受过良好的教育，有着还算不错的教养，又不是随便约约约！

还是再来说说小 A 吧。

小 A 拢共谈了两个对象，他回忆说："我谈第一个对象的时候，能打90分，剩下的10分我不能忍就分了，后来我谈第二个对象的时候只能打70分，直到现在我连打50分的都找不到了，我也累了，所以我也不愿意谈了。"

那么，问题来了。

每场恋爱都是修行，修行得好了，自我调整就完善了。有了完善的自我，就会有更明确的目标。

上高中那会儿，谁学习好，我们就会迷恋谁，谁篮球打得好，后面准有群追着的小迷妹，那时候的我们还不是完善的我们，逮着别人的优点就要追着满街跑。

可是现在我们老了，开始想要更舒服、更率真的相处方式了。不用费尽心思去讨好谁，也不用煞费苦心地追捧谁，就像小 K 那样，想要看到对方闪烁的灵魂，刚刚巧，和自己的是一样的颜色。

而不是沉迷于对方到底是 C 还是 D，究竟有多少个180。

所以剩男剩女们，请仔细回想一下你们身边的单身狗，有没有哪个人让你相处起来是舒服的，也是愉悦的，抛开那么多的不靠谱之后，仔细斟酌，好好考量，说不定，ta 刚好就是你想要找的那个人。

那些别人家的孩子们

1

我们每个人的生活里都别无二致地存在着一个神奇的人物，更神奇的是，我们中的绝大多数人甚至从未跟这个神奇的人物见过面，可他们总能肆无忌惮地从父母长辈、亲戚朋友的口中冒出来，活得惟妙惟肖，又出类拔萃，不费一兵一卒，就将我们平凡的生活一棍子打死，并且光辉熠熠。在这一生里，他们活成了传奇，活成了光，活成了电，活成了父母口中高高在上又遥不可及的神，他们不是童话世界，也不是历史英雄，他们是别人家的孩子。

微博曾经有个热议话题，就是关于"别人家的孩子"的，一大波网友在原微博下评论吐槽，别人家的孩子，男生从来都是男神，又高又帅，智商爆表，从小到大都是考第一名拿奖学金；女生向来都是女神，又白又美，瘦的像道光，情商高，智商也高，上得了厅堂，下得了厨房，追求她的男屌丝能排几条街。不仅如此，他们家庭状况也好，出入都是豪车接送，住大别墅，天天出国旅行，活得光芒万丈。而我们又穷又累，每天被老板压榨，被客户压榨，最后还要被爹妈拿去跟别人家的孩子比，比完了回来继续吃土。

可那些别人家的孩子真的像父母口中说的那样吗？那些别人家的孩子究竟活成了什么样子？

2

小梦从小就活在别人家的孩子的阴影里。

从她上小学起，父母就频繁拿她跟别人家的孩子作比较。她考试考了98分，张阿姨家的小姑娘肯定是考100分；她去练钢琴，李叔叔家的孩子肯定钢琴肯定都过了8级；后来甚至是到了升学考试，她也远远落在那些阿姨叔叔的孩子后面，他们个个遥遥领先考上了省重点，偏偏只有她考试失利考上了个市重点。她活得沮丧又绝望，那些叔叔阿姨家的孩子们毫无防备地就变成了一座座阻碍她前进的大山。

为了能够越过这些山峰，小梦丝毫不敢松懈，她发愤图强，拼命努力，今天超越李叔叔家的孩子，明天就马不停蹄地追赶张阿姨家的孩子。她好不容易喘口气，父母这边又传来王叔叔家孩子的消息……

没完没了，没有尽头。

直到大学毕业那一年，小梦才意识到那些别人家的孩子永远超越不完，他们肯定都是天才。小梦妥协了，她说，我就一个普通人，我跟天才们较什么劲儿啊。

可是小梦没想到，就算她放弃了跟天才较劲儿，她的父母也会拿普罗大众跟她较劲儿。

她刚毕业不久，父母又把别人家的孩子搬了出来——偏不巧，这个别人家的孩子是她的高中同学，普普通通，上学那会儿考试从来没有考过前300名，后来考了个普普通通的大学，大学毕业就没了联系。哪想到再次有交集还是从她父母这里，小梦的这个高中同学大学毕业没多久就找了个普普通通的男人结婚生孩子了，更让小梦没想到的是，这件事也能成为父母拿别人跟她类比的典型。

小梦就差没吐出一口老血。

她气得直跺脚，上学的时候跟别人家的孩子比成绩。现在毕业了，还要跟别人家的孩子比收入，比职业，甚至比结婚早不早，生孩子早不早。

她跑来跟我诉苦，她说："别人家的孩子过得就真那么好吗？"

3

别人家的孩子过得好不好，我不知道。反正当我是"别人家的孩子"的那段日子里，我过得并没有那么好。

我上大学的时候就自力更生，自己赚钱，没再从父母手里拿过钱。我没日没夜地写稿子，靠着稿费艰难地养活自己，也因此成为了"别人家的孩子"。

那时候高中同学聚会，他们总会因此而投来羡慕的表情，看得我尴尬不已。我吃过的苦头、付出的努力，都变成了别人口中的光鲜亮丽。

可是，他们又不是我，哪里知道我过得有多么煎熬。我有段时间写不出来好的文字，整个人变得焦虑又恐慌，这种状况跟失业相差无几——反正都是一样没有收入，没有收入就意味着弹尽粮绝，食不果腹。

为此，我买了15块钱一瓶的二锅头，每天在室友的鼾声中一边饮酒一边抓头发，我逼着自己面对着空白的文档，敲出一行字，又删掉一行字，直到天空泛出鱼肚白，我的文档依然泛着惨淡的光，一个字也没有。

我陷入了困境，过得绝望又无助。

可是没人知道我的绝望和无助，在很多人眼里，我依然是"别人家的孩子"——过着灯红酒绿、光芒万丈的生活。他们还以为我发了财，赚了很多钱，偶尔还会跑来找我借钱。我实在拿不出多余的钱来，最后以他们说我小气、抠门而告终。

那时候我过的究竟是什么样子的日子呢？大二那年的暑假，我没有回家，我在城中村租了个小房间，没有空调，也没有电风扇，只有一张小小的破旧的单人床，房间很暗，看不到光，房租每个月是280块。交完房租，我身上的钱就已经所剩无几了。搬家那天我在路边吃了份3块5的炒河粉，我都觉得那是人间美味了。

我过得那么凄苦，却谁也不能说。

我把所有的苦都咽进了肚子里，还以为它们最终都能发酵成甜。

4

所幸，后来的日子总算是好过了一点。

前不久的一天晚上，一个认识了3年多的读者给我发微信，她说，

"你应该属于别人羡慕的那一类，又俗称别人家的孩子，颜值高，也不胖，工作也好，还会写书，至少在我眼里，你是遥不可及的。"

我回了她一句谢谢，没敢再多言。

我无法将我一路走来吃过的那些苦都全盘托出。我承受着生活带给我的重量，却活成了别人眼里称赞的对象——"别人家的孩子"。可是，那些拿我们这些"别人家的孩子"去类比的长辈们，或许根本就不会关注我们究竟是怎么走过来的这些路，他们只看到了"别人家的孩子"闪烁的光芒，又迫不及待地想要把这份光芒复制到自己孩子身上，他们想在孩子身上看到同样的光芒，他们也希望自己的孩子能足以拿来夸赞，活成别人口中的那些"别人的孩子"。

我们不能排除我们生活的周围真的有天才级别的人物存在，他们凭借自身的先天条件足以成为天之骄子，不费吹灰之力就能功成名就。但是绝大多数的我们都是普通人，没有传奇，全凭自己的努力一点一滴地积累，成为了"别人家的孩子"。

但是我们所做的那些，并不是为了成为别人口头类比的对象，况且这种类比也毫无意义，人各有所长，人也各有所爱。那些PK掉小梦的张阿姨家的孩子、李叔叔家的孩子也会被"别人家的孩子"PK掉。同样，小梦也会活成别人口中的羡慕对象。

所以，用不着去羡慕"别人家的孩子"，或者，在"别人家的孩子"的眼里，你也是他们遥不可及的梦呢。

生活不是用来羡慕的，也不是用来类比的。

那些整天嚷嚷着"别人家的孩子"怎么光芒万丈，"别人家的老公"怎么上进努力又温柔体贴的，要是真的那么羡慕别人家的而鄙夷自己家的，要不考虑把自己的孩子跟别人换一下？再把自己的老公也换掉，试试看是不是也能活成别人家的样子呢？

　　破茧重生的那一刻固然很痛很苦，甚至是九死一生，但还是有那么多人想要尝试，因为只有尝试之后，才能跟旧的生活告别，跟新的生活相拥。这个世界上，有一波人选择了过早地放弃自己，沉沦在生活的泥潭里怨天尤人，自然就有另一拨人披星戴月地鞭策自己破茧重生。

也就是这么一个真实的"我们"，经历着生活里的真实，承受着精神或者肉体上带来的隐忍，在白天与黑夜的轮回交替中潜藏故事，滴掉的每一颗眼泪，为爱情和生活叹的每一口气，都该被珍惜。

女主持人和她狼狈不堪的爱情

1

我认识莎莎的时候刚和老张分手不久，偏偏巧，她当时的男朋友也姓张，叫小张。

那时候我们入职某家火锅店做新媒体，她是武大毕业的高材生，又在地市电视台做了两年的主持人。为了爱情，辞了风光的工作，挤进了整天飘着火锅味的办公室。

我们两个初次见面就看对了眼，成为了关系很要好的同事和朋友。当时的办公室有个稚嫩傲气又没什么真本领的小伙子，仗着入职早，便要打压我们这些从媒体行业跳过来的"后生晚辈"，每每此时，我和莎莎总是会心一笑，看他演戏。

大概是因为"同仇敌忾"，这让我和莎莎之间的关系更亲密了一些，我们共同接待媒体，处理媒体关系，跟我们一起吃饭的主持人总会问我们："你们真的是这家火锅店的吗？明明就是台里的搭档主持人啊！"

我们拓展了交际面，互相走入对方的朋友圈。

就这样，我见到了小张。

2

第一次见小张是在他们家。

莎莎邀请我去他们家吃海鲜，于是，我一大早起床，在公交车上颠簸了一个多小时，刚下公交车，远远地就看见莎莎朝我挥手。

毕竟曾经是电视台的台柱子，莎莎的形象气质一点都不弱，笑起来连眼角都是弯的，分外迷人。

她为我引路，我说："怎么着，今天是你下厨还是你对象下厨啊？"

她拍了拍胸脯："必须是我！"

我瞄了一眼她的胸脯："本来就小，你也不怕拍没了。"

气得莎莎都想踹我一脚。

推开门，我就看见了围着围裙正在厨房洗菜的小张。

那是我第一次见到小张，憨胖。

莎莎朝他挥手："这是我哥们，苏念安。"

小张拿着还滴着水的小葱跟我打招呼："你好。"

我木讷地回了一句"你好"，便想进厨房帮忙，虽然是来吃饭的，那也不能就带张嘴来啊，总得帮忙做点什么才好。

没想到却被莎莎一把拉住，死活都让我坐在了沙发上，非要让我享受贵宾级客人的优渥待遇："你不用管，你什么都不用做。"说完就把她的相册拿出来给我看，——分享她和小张的爱情点滴。

3

他俩是发小，虽然算不上是青梅竹马，但也相差无几了。

早些年莎莎还在做主持人的时候，两个人就走到了一起，大概是因为有着共同的成长经历，彼此磨合得就更快了一些。两个人结伴去了西藏，去了云南，去了很多充满神秘的地方，我羡慕得一句话都说不出来，因为我和老张哪也没去过。

相册看到一半，小张从厨房里探出头，他问："花甲要怎么炒？"

"你用盐水泡了吗？"

"还没呢。"

"不泡怎么炒，都是沙子！"两句话没下来，莎莎的分贝就上来了，一股怨气。

我下意识地拍了拍莎莎的后背，我说："现在泡也不晚嘛。"

莎莎的气却一点都没消："笨死了，跟猪一样。"

我一愣，总觉得这样不好。

4

再后来，我跟莎莎单独吃饭的时候聊到这个场景，我说："你总是这样对小张吼，真的好吗？"

她嬉皮笑脸地看着我："有什么不好啊，我们经常这样。"

我摇摇头，我说："这样终究不是太好。"

"放心吧，我自有分寸。"

我没看她："我和老张就是这样分开的。"

她唏嘘了一声："都分多久了，还有啥念想的，我和小张是不会分的，我们是会结婚的。"

5

后来，我从火锅店离开，去了新的地方。很快，莎莎也离开了，换到更好的单位，但是我们依然相聚，我们有了更多的朋友圈，也互换了更多的秘密。大概也是因为这些秘密，我们之间的情谊才更牢靠一些吧。

我一直盼着喝她喜酒，却没想到她分手了。

那已经是盛夏了。

我们去曼哈顿见面，她穿着薄纱的连衣裙，整个人瘦得都不像话。幸好她没有当我面哭。

她说，小张搬走了，搬到公司住去了。

她说，她也要走了。

我没有挽留她。

我也没有告诉她，如果当初没有那么多的针锋相对，你们或许真的已经结婚了。

毕竟说这些，都毫无意义了。

6

莎莎走的时候没跟我辞别，我也没跟她送行。

她又回了老家，干起了她的老本行，重新成了电视台的台柱子。

早些时候，我们也会互通电话，聊聊彼此的见闻，也一直约着出行，总是未能如愿。

前年初夏的时候，她跟我打电话说她被车撞了。我说："你该给120打电话啊，笨死了。"

其实我知道，她大概是想打给小张，只是她又不能打，总是要把想念的这件事倾诉给另一个了解她的人。

去年冬天的时候她跟我开视频，让我看她新交的男朋友，她说她是小三，我说我才不信。

她嘻嘻哈哈地笑，也不知道是不是喝了酒，非要将摄像头对着那个男人。

也不知道那个男人是害羞还是有碍于颜面，死活都不肯出来。

莎莎的火气又来了，只是这一次，她的高分贝里却带着嬉皮的笑意："你赶紧地，让我的好朋友看看，听到没有。"

那个男人最终妥协了，站到摄像头下朝我打个招呼，说了声"你好"。

和小张一样，这也是个憨胖的男人。

我在他的身上看到了小张的影子，又不敢确认。

只是我却不敢跟莎莎讲。

我不知道小张是不是像老张在我心里那样还在莎莎的心里。

7

有的时候，我也会想，如果很多年前，我和老张没有那么多的针锋相对，多一些理解和关怀，而不是斤斤计较，那么，现在的我和老张是不是会有一个更好的结局呢？

可是年轻的时候哪有那么多的如果啊。

那时候心高气傲，总觉得往后的路还有很长，还会遇见更好的人。我每次喝多了酒，总会和朋友抱怨，我说，我和老张分开了以后肯定还会遇见更好的人。

可是后来我们真的分开了。

可是我再也没能遇见一个能够托付爱的人。

毕竟我不是莎莎，还有那么好的运气。

再后来，我们之间的联系彻底少了。

只是不知道，莎莎和她的这个男朋友，是不是快要结婚了。

　　失恋，它终究是我们人生中的一部分，就像是一道做错了的算术题，因为这道题，我们拿不到满分，进不了喜欢的学校，或许活成不了最开始期待的那个样子。

漂亮的朋友

1

我上大学的时候是相对闭塞的人。

所谓相对闭塞，是因为大一的时候我还算得上活跃。我加入了文学社，将空闲下来的所有的时间和精力都贡献给了社团活动。那真是一段稚嫩且充实的时光，我们开小会，讨论海报的设计方案，还要去抢占小教室，做活动的统筹和安排。也正是因为这段事情，我结识了一群有着共同爱好的朋友。

小东就是其中之一。

我拿着文学社的宣传页扫楼似的招募会员的时候，最先招募进来的会员就是小东。我已经记不得那是我推开的第几扇宿舍门、听了多少句"没兴趣"之后的沮丧悲壮，却在小东这里触底反弹了。他拿着宣传页上下打量了我一眼，微微一笑，露出可爱的小虎牙："文学社啊？文学社的妹子是不是很多？"

我一时语塞，竟然不知道该怎么接他的话。还没等我反应过来，小东就兴致勃勃地填写了会员表格，义不容辞地成了我们文学社的一员。不仅如此，他还拉拢了整个宿舍的兄弟加入了文学社。

简直是目瞪口呆。

那时候我才知道，原来兴趣爱好也能成为泡妞的媒介啊。

小东兴致勃勃地拉着全宿舍的兄弟，跟打群架似的参加了我们大一新生文学社的见面会，我忙活现场安排嘉宾，远远地就看见小东露着那对可爱的小虎牙朝我挥手，我给他指了后排的位置，安排他入座，他却一脸的失望："怎么一个美女也没见到？"

我白了他一眼，"瞪大你的眼睛好不好，满教室的人几乎都是女生好不好？"

"多是多，就是没有美女啊，长得还不如你呢。"他嬉皮笑脸，我差点给了他一脚。

尽管小东的动机没有那么纯粹，但也算得上率真坦然，一点都不像道貌岸然的伪君子似的心口不一。后来我才发现，原来除了文学社以外，小东还参加了话剧社、动漫社、摄影社。甚至还有舞蹈社。他洋洋得意，却还要一本正经："怎么样，为了泡妞，我下的血本够不够多！要不是身高受限制，我还想参加模特社呢，模特社的妹子都是大长腿，就是长得不咋样。"

我笑话他："你这就是精虫上脑。"

"不，我这叫全面撒网，重点捕鱼。"

我无力反驳，毕竟小东说的有道理，撒的网多了，能捕中鱼的概率就更大了。

不过，小东还真够惨的，撒了那么多的网，却一个妞也没捕中过。

他却一点都不苦恼，每天依然活力满满地像串场似的走马观花各个社团的活动，从舞蹈社蹦到文学社，又从文学社蹦跶到话剧社，跟玩穿越似的，忙得不亦乐乎。

见他没泡到妞，我还自告奋勇地跑去给他支招。我们就着花生米喝啤酒，兴致阑珊，小东却回过头来一脸认真地问我："小沫，你熟么？"

2.

我熟悉，我当然熟悉。

小沫也是我文学社的一员，小姑娘长得玲珑剔透，说话的声音婉转动听，跟电台主播似的。也正是因为这种明显的优势，小沫扛起了文学社活动主持工作的大梁。

不过，小沫每一次的出场都要在脖子上系着一条丝巾，小小年纪就戴丝巾不免有些老气。我曾跟小沫提起过，我说："你该彰显你年轻的活力和青春气息啊。"小沫没理我，微微一笑。

更巧的是，小沫还是我的老乡。

可能正是因为这种关系，我们走得更近了一些。

她时常会给我打电话，多半是因为文学社的工作，聊一些活动的方案。偶尔也会扯到老家，"什么时候回家""下次回家的时候可以一起"之类的话题。后来大一下学期的时候我辞去了文学社主席的工作，彻彻底底变成了个宅男，整天闷在宿舍里耕耘创作，为此小沫还专门打了好几个电话给我，问我最近写了什么文章，发表在了哪里，能不能借给她读读。

我并不是一个擅长交际的人，被小沫这么好奇地追问，我忽然有些害怕了起来。慢慢地，我就开始躲着她。

感觉有的时候是一种特别微妙的东西，不需要旁人指指点点，也不需要教科书来谆谆告诫，我们一样能感觉到温度的变化，能感觉是饿着还是饱着。也就是遵循这样的物理感知，我能感觉到小沫喜欢我。

想到这里，我吓了一大跳。

为此，我有些精神分裂似的来回剖析，多方佐证用以判断"感觉"的非理性。于是，我将佐证一一列了出来，列完以后我才更加坚定自己的感觉是对的。比如，还待在文学社那会儿，我们初生牛犊不怕虎，给了个头衔就当成终身事业一般抛头颅洒热血，为了干好文学社里的每场活动，我们经常12点等大家下课的时候就找个小教室一起开会，讨论的激情澎湃把时间都给忘记了，每当这个时候，小沫总会主动给我打电话说她在宿舍煮的饺子煮多了，要给我送个午饭。

拿人家的手短，吃人家的嘴软。在吃了小沫三顿饺子之后，我主动提出来回请她一顿，小沫欣然接受，却一把将我拉去了食堂，一人买了一根玉米边吃边走，绕着学校的操场走了一圈又一圈，直到玉米都啃完了，她还恋恋不舍，还想再走三圈。

再比如，她有个周末要去洛阳游玩，邀请我一起去。我哪有时间，不由分说地就拒绝了她。她从洛阳回来之后，刚到学校就给我打电话，大惊失色地告诉我，她坐公交车的时候误把一百块当成了一块钱投进了公交车……

所以，当小东向我提起小沫的时候，我仿佛看到了曙光。

3

我把小沫夸了一个遍。

可能我表现得太主动了，小东直拿眼神斜视我，把我弄得一直发虚。

他一边往嘴里丢花生米，一边把花生米咀嚼得嘎嘣嘎嘣脆，我感觉他不是在咀嚼花生，而是在咀嚼我，吓得我不停地发抖。

我把手搭在了他的肩上，问他："怎么？你看上小沫啦？眼光不错啊！我可以帮你们搭桥牵线。"

他连头都没回过来："你确定吗？"

我像捣蒜似的不停地点着头。

没多久，我就看到小东和小沫在校园里出行成双了。

和小沫在一起之后的小东彻底告别了社团交际圈，他多了一个新嗜好，那就是买丝巾。我不止一次地看到小东抱着快递盒子爬楼梯，有的时候我就跟他打个招呼就拜拜了，可更多的时候我会堵住他，问他买了什么新鲜玩意儿。小东禁不住我的"严刑拷问"，只能乖乖就范，直言不讳地告诉我他买的是丝巾。

刚开始我还以为是小东中了魔障，多了一个恶趣味，恋丝袜也就算了，还恋丝巾。后来我在校园里又碰到成双结对的小东和小沫，我才恍然大悟，要知道，小沫无论什么场合都是要围着丝巾的呀。

远远地，小东就露着他可爱的小虎牙，朝我打招呼。他牵着小沫的手，夕阳西下，何其般配。

小沫还是那么热情，红扑扑的小脸上都是笑，问我又写了什么新作，能不能借给她拜读一下之类的。我不停地点头，仔细地观察小东的脸色微妙的变化，这个小伙子竟然还脸红了。

我就趁热打铁。我说："小沫啊，你看你，把我们的小东都迷成了什么样子。你们还没在一起之前，他就曾不止一次地跑来找我，从我这里打探你的消息呢。不过，小东，你可要好好对待我们的小沫呢，你要敢欺负她，我们这些老乡可都是娘家人！"

我话音刚落，小东的脸色就更红了。

这小伙子，谈个恋爱还害羞呢！

那天之后，我就变得更闭塞了，绝大多数的时间，我都是缩在宿舍里，没日没夜地读书，没日没夜地写稿子，后来日子实在是太无聊了，我还玩过一段时间的偷菜游戏，每天凌晨3点的时候我就起床偷菜，跟真的能把别人家的菜带回家似的。

某个凌晨，我偷完菜，刷新了一下校内网，无意间就看到了小东更新的状态："如果早点遇见你，那该有多好！"

我回了一句："神经病。"

4

很多年以后，我才知道，神经病的不是小东，而是我。

小东和小沫最终也没在一起，他们是什么时候分的手，我甚至都不知道。我忙着去闭塞，忙着去写小说，忙着去打植物大战僵尸，我交的朋友越来越少，值得回忆的故事也越来越短。

若不是小东给我喜帖，邀请我去喝喜酒，我甚至都以为新娘会是小沫。

新娘不是小沫，却和小沫一样也戴丝巾。

那天的小东英俊帅气，只是比大学的时候胖了些，笑起来还是会露出可爱的小虎牙。他站在舞台上的时候看见了我，不顾形象地朝我挥手，一如当年。

那天的小东也喝了很多酒，摇摇晃晃地走到我身边，一把抱住了我，他说："见到你，真高兴。"

我拍了拍他的肩膀，我说："我也是"。

他凑在我的肩头，他说："你知道吗？那天你来找我跟我支招，我们就着花生喝酒，实际上，就算那天你不来找我，我也要去找你的。"

我说，"我知道，我知道你是为谁。"

我拍了拍他的手，示意他终止这个话题，毕竟这个场合聊前任，并不是一件快乐的事情。

可是，小东却朝我翻个白眼，露出鄙夷的神态："你真的知道吗？"

我郑重地点头，肯定是为了小沫啊。

他笑了，狡黠一笑，意味深长地看着我说："看来你还是不知道啊。那天，我确实是因为小沫想要去找你的。但我不是为了追小沫，而是小沫为了追你。"

我吓一大跳，差点从椅子上摔了下来。

小东咯咯地朝我笑，一脸嘲弄的样子："我就说，你不知道的吧。小沫跑来找我，向我探你的底，问你的喜好，让我帮你们搭桥牵线，我很乐意啊，帮你脱单，我义不容辞。可是哪知道，你小子一点心思都没有。那时候我就知道，完了，我这个月老要没法交差了。那天晚上咱俩喝完了酒，你倒好，直接就回宿舍睡觉了。我还要跑去找小沫交差。我跟小沫说我到她宿舍楼下了，她特别激动，以为我带来了什么好消息，丝巾都忘记带了，满怀希望地跑了下来。"

他说着，捶了我两拳："你知道小沫为什么要带丝巾吗？因为她脖子上有个疤痕，特别显眼。我看到了那道疤痕，又看到满脸希望的小沫，我忽然有点心疼她了。后来，我跟她说，小沫，我喜欢你，你愿不愿意和我试试看。然后，我就看到小沫眼神里的那道光，一下子就暗淡了，她问我，他看不上我，对不对？"

"你看不上她，对不对？"小东的唾沫星子溅在了我的脸上，他又捶了我两拳。

也就是这个时候，我才明白，原来那天晚上，不是我帮小东去追小沫，而是小东帮小沫追我，可我们都没在适当的空间，勾连成关联线。

我开始觉得有些对不起小东了。

5

想起来还是免不了有些遗憾。

总觉得愧对小东，也愧对小沫，却又什么也做不了，什么也弥补不了。

我毕业做记者的时候，大江南北地跑，我不再闭塞，我甚至变得世故，一个劲地想要认识更多的朋友，结识各个领域的精英。我通讯录里的好友越来越多，他们大多都有各种各样的头衔，公司 CEO，各种商会、协会的会长、秘书长，如此等等，不胜枚举。

微信上的好友也曾一度突破了5000人，每天各种群消息滴滴答答地响，却没有一个能说得上话的人。

我们在饭桌上吹牛逼，通讯录上那些所谓的名人，被我们称之为朋友的人，可能是我们无限荣耀的谈资，可是，也只有我们自己知道，那些电话，那些我们所谓的"朋友"，我们这辈子都不可能打。

有段时间，我遇到了困顿，事业和情绪都跌入了谷底。我发朋友圈寻求帮助，却换来了一群赞。

我们这些"朋友"变得越来越多，也靠各种修图软件变得越来越漂亮。

你春风得意，围绕在你身边的"朋友"越来越多。

你心情不顺，这边刚倾诉完，那边半个朋友圈的人都知道了。

所以，后来的你，是否也跟我一样，变得越来越谨慎，活在这群漂亮的"朋友"身边，站在人海中，却依然形单影只。

他们都知道我写书，见面时总是张口便提，问我索要出版过的书，还要附带签个名。我付出了那么多的心血，熬了那么多寂寥的夜晚，呕心力作的作品，竟然要被别人的一句话就能攻占了。

我又尴尬，又畏惧，只想要逃走。

于是，每当这个时候，我都会想起小东。想起他在喝得醉醺醺的时候说过的那番话，他成就了小沫，也尊重了小沫。

　　如果，我还能再见到小沫，我也一定要送给她一条丝巾，我不是为了惧怕她脖子上的疤痕，而是觉得戴着丝巾的小沫，算得上是漂亮的朋友。

失恋，究竟教会了我们什么

在很长的一段时间里，我经常被人追问："你怎么还不谈恋爱啊？"
每一次我都不知道该如何作答。

我记得有一次，我去参加大学同学的婚礼，大家都拖家带口的，就
我一个人形单影只。刚入座不久，已嫁为他人妇的女同学便围在了我
身边，一个劲地追问什么时候才能喝上我的喜酒，又仔细打探我究竟
喜欢什么样子的姑娘。聊到一半，大家便不约而同地拿出手机纷纷给
我介绍女朋友——吓得我落荒而逃，热菜还没上，我便借口逃走了。

现在回想起来都觉得魂惊未定。后来，我问自己，你就一点都不想
恋爱吗？

实际上，也并非如此。办公室里的同事每天都会讨论又给自己的爱

人买了什么东西，或者他们给自己买了保险，受益人都是自己的爱人，而我，所有的保险在受益人那一栏都是法定。我买了很多水果很多零食塞满了整个冰箱，可却依然没有可以分享的人，每当这个时候，我总觉得生活是不完整的，像是被剪刀剪碎了，又像是被人偷走了一部分。

可我依然没有办法说服我自己朝前迈上那一步，我怕孤独，怕没有人而孤独终老，可我更怕相爱的人会离开，一个人的孤独绕了一大圈、一起经历了那么多有意思的事情又重新回到一个人的孤独——再也没有什么比这更艰难的事情了。

正因为如此，这个世界上有关失恋歌曲的数量远远大于热恋的，仔细想想又不无道理——因为大家热恋的时候都忙着谈情说爱去了，谁还有什么精力去感慨人生啊，反而是失恋了，爱了，伤了，痛了，又没人搭理了，所以才有大把的时间倾诉心情——要不然，闷在心里得多难受啊。

所以，我见过太多失恋的样子，有人哭泣，也有人买醉，甚至也有人从一张床流转到另一张床，迫不及待地想要清除失恋带来的创伤。

可是，失恋——它带给我们的难道仅仅就是伤痛吗？就是陷入更深渊的孤独吗？

那么，除了这些呢？它究竟又教会了我们什么？

去年的这个时候，小Q路过我公司，她给我发微信问我有没有时间一起喝杯咖啡。

那时候她跟谈了三年多的男朋友刚刚结束爱情陪跑，正是需要安慰的时候，我怕见到她——因为我不知道该怎么安慰她。

我犹豫了一下，还是回了微信跑到楼下的星巴克赴约，我准备了很多宽慰她的话，尽管有一些还是经验之谈。她穿着浅灰色的风衣，画着很精致的妆容，远远地朝我挥手，一点悲伤难过的样子都没有。她跟我聊她的工作，她最近在跟的小项目，她跟我吐槽合作方真是难搞，快要将她的洪荒之力都逼出来了。我幽幽地听着，生怕她所有的坚强在下一秒都会土崩瓦解变成支离破碎的唉声叹气，但是她没有。

真是出人意料。

我们喝完了咖啡，在即将分别的时候，她依然没有在我面前展现悲伤，我实在是忍不住了，小心翼翼地问她："这段日子过得还好吧？"

她抿着嘴，微微一笑，她说："你看我现在像是过得不好的样子。"她停顿了一秒，笑容变淡了："你是指感情？时间会把你推入深渊，时间也会把你拉出泥淖——我一直都相信。"

她可真是会总结，一句话就把我准备的那么多用来安慰她的话硬生生地压了回去。

那天之后，我们再没见过面。她变得更忙了，在朋友圈里天南海北地飞。有天晚上我正在写稿子的时候，她忽然给我打电话，她说她想他，可却再也不能去找他了。

我曾经精心准备的那么多安慰她的话，一股脑地都被我忘记了。我词穷，半天没说出话来。我们彼此都寂静着，时光像是停滞了。

后来她说："虽然我失恋了，可我依然感激他。他教会了我爱，也教会了我如何去爱别人，现在我一个人，没有依赖，也没有可以托付的人，可我依然能过得很好。我想，这一切都是因为他，因为他曾给过我那么多温暖的事情。后来他离开了，可是那些温暖并没有因为他的离开而离开啊，它们一直都在，在记忆的最深处。"

我心想，你就装吧，把所有的难过都藏起来，然后千恩万谢地将失恋送出舞台，我就不戳破你，看你能撑到什么时候。

哪想到后来，她真的变了。

很久以前，在我刚认识她那会儿，我就被她的暴脾气折腾得有苦难言。我们一起出来吃饭，她会因为一道菜做得不够地道非得让服务员把老板叫出来理论，她也会在朋友聚会时因为某个朋友一不小心说了句让她听起来不舒服的话就立马摔筷子走人，她太不懂得包容，又太沉迷于自我。

所以，后来她谈恋爱，我们都长长地舒了口气——总算是有人能降得住她了，又不得不为她的男朋友捏了把汗——这个艰巨使命跟伺候公主似的，他又不是太监，吃得消才怪。

他们在爱里争吵，此消彼长，直至分开。

小 Q 没有哭也没有闹，散伙饭那天她把我们都叫了过去，她卸掉了铠甲，归于平静，她端着酒杯望着曾经的男朋友如今的前男友，她深深地鞠躬，特别庄重地说："这三年，幸苦你了，真是对不起。"然后将杯子里的酒一饮而尽。

我们都吃得战战兢兢，生怕散伙饭会吃得天崩地裂，不是你死就是我亡。

但是，一切都很平静，什么悲剧都没有发生。

前不久，小 Q 忙完了手头的项目，赚了一大笔钱，张罗着请大家吃饭，算是庆功宴。饭桌上，大家都小心翼翼，聊些娱乐八卦无关紧要的话题，生怕某个不小心就刺中了她的软肋，闹得大家尴尬。

后来不知怎地，话题忽然就从娱乐八卦扯到了单身男女，一个胸大无脑的姑娘还专门站起来给小Q敬酒，说她这么能干，以后怕是连男朋友都找不到了。

我们听了不由地面面相觑，这不是在戳小Q的伤疤的同时诅咒她嘛，以小Q以前的脾气，估计该摔筷子和她互撕对骂了。于是，我们给大胸女使眼色，哪想到她真的是一点脑子都没有，就像匹脱缰的马勇往直前了："嗨，小Q，你是不是就是因为太能干了所以才和前男友分手的呀？"

我心想，完了，狂风暴雨在所难免了。

小Q却出乎意料地平静，她端起酒杯，宽宏大量地说："或许你是对的，又或许你是错的，但是不管对错，都不重要，重要的是今晚我们相聚一堂，所以敞开共饮吧。"

也就是这个时候，我发现小Q变了，她身上的那股暴戾之气渐渐消磨殆尽，懂得宽恕，更懂得包容。

就像她所说的那样，她学会了爱，也学会了如何爱别人。

后来她又谈了恋爱，没有了暴戾之气，不会因为她的男朋友没接电话而闹得天崩地裂，也不会因为一些日常琐事而烦心，她通情达理，又洒脱知性，不会斤斤计较，更不会睚眦必报，她活成了我们都钦佩的样子。

我知道，有些人曾在失恋中痛不欲生，也有些人在失恋之后互相折磨对方，大有"宁为玉碎不为瓦全"的凌云壮志。我们曾指责对方不坚守承诺，说过的那些情话跟放屁一样说丢就丢了，我们也曾埋怨对方见异思迁，骂他们是"婊子配狗，天长地久"，我们曾贪婪又恶毒，觉得受到了伤害就该加以还击，被人甩了又抢不回来了，骂一句解解恨都不行吗？

可是，除了去哭去闹去骂，我们就没有别的收获了吗？

失恋，它终究是我们人生中的一部分，就像是一道做错了的算术题，因为这道题，我们拿不到满分，进不了喜欢的学校，或许活成不了最开始期待的那个样子。但是，这一切都不该是我们"破罐子破摔"的理由呀，我们还会遇见其他的同类的数学题，我们不可能一直都做错吧？

所以，爱过，又何必计较得失，又何必在深夜里耿耿于怀辗转难眠，不管以后，你爱过的那个人去了哪里，又和谁在一起，但是他终究还是活在过去的那段日子里，成为了谁也抢不走的记忆体。

而我们，也正是因此一次又一次地失恋，又一次又一次地磨平棱角，像小Q一样懂得宽恕和包容，懂得如何爱自己又如何来爱别人，也会有人懂得珍惜，明白这一切来得都不容易。

正如香港电台主持人梁继璋写给儿子的备忘录里提到的："没有人是不可代替，没有东西是必须拥有。看透了这一点，将来你身边的人不再要你，或许失去了世间上最爱的一切时，也应该明白，这并不是什么大不了的事。世界上并没有最爱这回事，爱情只是一种霎时的感觉，而这感觉绝对会随时日、心境而改变。如果你的所谓最爱离开你，请耐心地等候一下，让时日慢慢冲洗，让心灵慢慢沉淀，你的苦就会慢慢淡化。不要过分憧憬爱情的美，不要过分夸大失恋的悲。"

　　所以，坦然接受生命里的爱与不爱，更该坦然面对曾经让我们苦不堪言、痛不欲生的"失恋"，它于我们而言，是丢掉了一段快乐的时光，亦或者是丢掉了一个颇为重要的人，重新回到孤独的世界中去，可是当你平静下来，盘点这段旅程，你会发现你将重新认识你自己，你也将重新收获你自己。也正是因为丢了爱的人，你才会重新审视你自己，你会发现你任性、你蛮不讲理、你控制欲强……这些都是你身上扎人的刺，在遇见下一个的时候，你才会考虑要不要拔掉它们，要不要变得柔软，懂得深情和厚爱。

　　这大概是失恋送给我们最好的礼物吧。

　　我们在此诀别，依然互道珍重。

　　她早就在自己的周围建筑了密不透风的墙，活成了高高在上的女王。可就是这个女王，在脆弱的时候会喝酒，喝醉了之后只会一遍接着一遍喊老张。

失去了心中所爱，再昂贵的礼物又有什么意义呀。

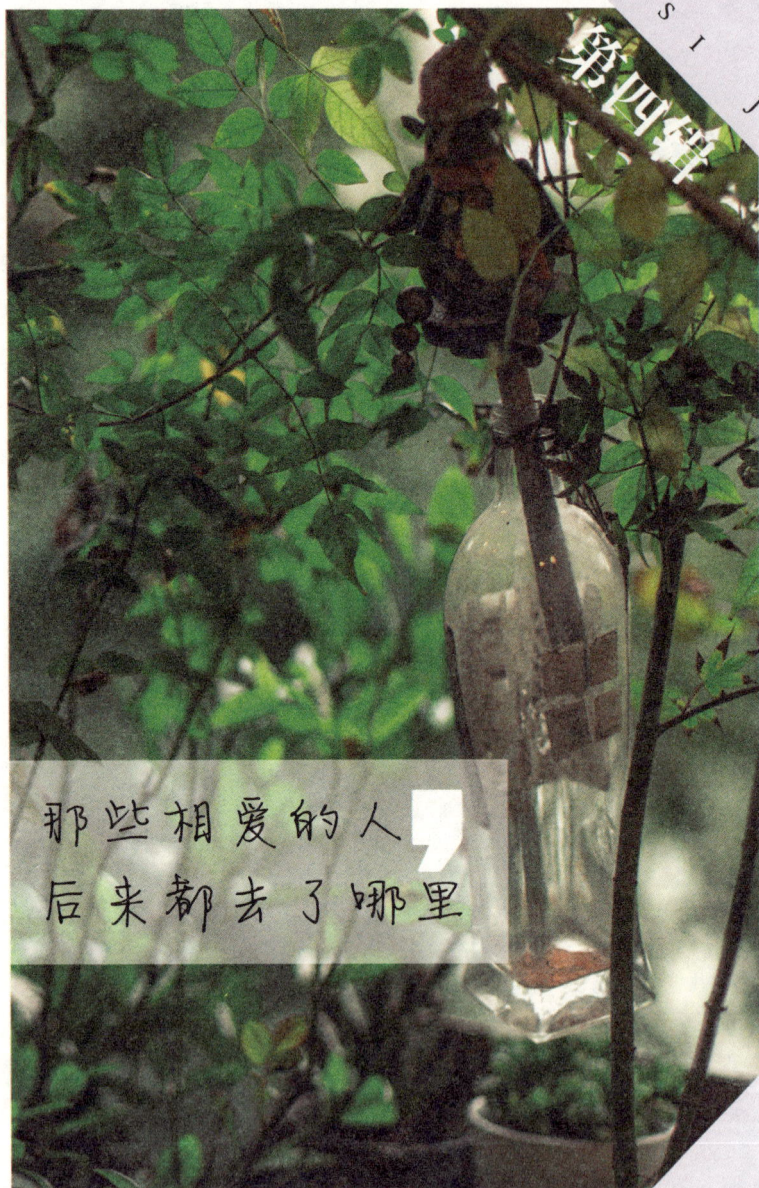

那些相爱的人，
后来都去了哪里

姑娘，请收起你的公主心

小昭最近很苦恼，她跑来跟我吐槽，说她男朋友不爱她。

我问她："为什么呀？他喜欢上别的女人了吗？"

她嘟着嘴，一脸无辜地看着我："他有没有喜欢上别的女人我不知道，但是我知道他就是不爱我"。

"总得有个理由吧。"

她这才袒露心扉，她说："我们相处得太平淡了，一点相爱的感觉都没有。下班一起吃饭，绝大多数的时候都是他下厨房，偶尔我也会帮他打下手，洗洗菜什么的。周末一起看电影，情人节的时候送送花，俗套得要命，看不到激情，也感受不到爱得死去活来的那种感觉。"她停顿了一秒，随手摆弄了一下手上戴的配饰，又接着说："这哪算是什么爱啊，电视里可不是这么演的。"

我愣了一下，合着她是拿自己的生活跟电视剧里比啊，这样比下去，她在爱情里能收获到成就感才怪呢。

小昭不是第一个，也绝对不是最后一个。现实生活中依然有大把大把的女生排着队等候她们生命旅程中真正意义上的白马王子——她们把自己当成了白雪公主，再不济也把自己当成了灰姑娘，幻想着有个李易峰一样的帅哥穿越人海茫茫对自己一见钟情，然后两个人排除万难就算是千辛万苦也要走到一起。

憧憬爱情本身并没有错，毕竟它是人世间少见的奢侈品，足以与传说中的唐僧肉相媲美了。可你错就错在把自己误以为是坠入人间的天使，既要装出一副不食人间烟火的公主模样，又希望白马王子有豪宅，又足够英俊，既能开豪车、又能随随便便给你开一张支票。你骂他的时候他不会还嘴，你打他的时候他还不会还手，你心情不好的时候，他立马就开着豪车带你去兜风看万千世界……嗨，姑娘们，别做梦了，醒醒吧。

这世上哪有那么好的事情，还偏偏都给你赶上了。你是上辈子拯救了银河系，还是做了女超人，如果都没有，还偏巧遇见了，那么请一定要小心了，总之，害人之心不可有，防人之心不可无嘛，谁知道这样的白马王子到底是不是王子呢，就算是王子，脑子到底好不好使呢？都是需要鉴定的吧。

还是来说小昭。

没过多久，小昭就跟她那个所谓的看不到爱情的男朋友分手了。她泡夜店，过着灯红酒绿的生活，一不小心就遇见了她的白马王子——
这是她自己的原话，她想强调她不是刻意的，是命运指引着她找到了
白马王子。他英俊又帅气，还剪了个在理发店很流行的发型师的发型，
小昭无比崇拜，她说，这才叫艺术，要特立独行，不然怎么叫白马王
子呢。

这还不重要。最最重要的是，她的这个宝马王子开卡宴，我们这群
老屌丝里开的最好的也就是20多万的奥迪A4。所以，小昭一招制胜，
不费吹灰之力就把我们一个个比下去了。她春光明媚，每天下班了就
跟她的白马王子兜风看世界。她没吃早饭，他就给她点外卖，她更新
了朋友圈说想吃冰淇淋，没过多久，外卖大哥就带着哈根达斯的冰淇
淋送货上门了……

"这才是爱情。"小昭说，她又跑来找我，跟我宣布她找到了真爱。

我又阻挡不了她，只能劝她小心点——反正以后的路还很长，不用
那么着急去做决定。

她可听不进去这些话，她说这才是爱，你不懂。她坠入了真爱的长
河里，活成了不可一世的公主，再也没爬上来。

她对她的白马王子掏心掏肺，没过多久就住到一起了，住的还是小
昭的房子，因为白马王子告诉她，他的别墅还在装修，还问小昭喜欢
什么样子的装修风格，一定要装修成她喜欢的样子。为此，他们还一
起去找装修公司，看对方给的装修方案和报价，她的白马王子看了一
眼就递给了小昭，他说："你负责决定，我负责付钱。"

多美妙的情话啊，小昭毫不犹疑地就相信了。

于是，她没理由拒绝和这样的白马王子共处一室，没理由拒绝把房

子的钥匙也交一把到他手里，他的别墅都是按着她喜欢的风格来装修的呢，她还有什么好犹豫的呢？

可是，小昭最终都没能住进那个别墅里。

她下班的时候，她的白马王子没有开着卡宴来接她，她还生闷气给他打电话，他关机。

当时小昭心里还在想，等他开机了一定要狠狠地骂他一顿。于是她闷闷不乐地打车回家，更大的"惊喜"在她推开门的那一瞬间——她的白马王子没被小昭抓奸在床，而是连个人影都没有。

一起不见踪迹的还有小昭的电脑、沙发，甚至连内衣都一件不剩了……她的房子变成了彻底的空壳，所谓家徒四壁，也不过如此，能搬走的东西都被搬得一件不剩，就差没把马桶也拆了……

小昭吓得半天没回过神来，她慌慌张张地给我们打电话，又报了警。等我们赶到的时候，她像个惊慌失措的孩子坐在门口的台阶上。

她给她的白马王子打电话，依然是关机。

那一刻，她还相信她的白马王子，还渴望从他那里得到慰藉。

直到监控被调了出来，她才瞪大了眼睛。在监控里，她看见她的白马王子领着搬运工进进出出，将她的全部家当一一搬走，我们大家都替她惋惜，想要替她出头，她却异常冷静地站了起来，她说，"他会不会是要给我惊喜？他是不是要帮我搬进他的别墅里？"

"那他用得着关机吗？用得着偷偷摸摸的吗？"

"不然还算什么惊喜。"她反驳得理直气壮，气得我们直跺脚。

她还活在她臆想出来的世界里，想要做个胸大无脑的公主。

不过，她的梦很快就破碎了。

没过多久，警察就找出了她的白马王子——他没有帮她把东西搬到别墅里，反倒都搬到了二手商那里，能卖掉的全卖了。

他真的不是什么白马王子，他很对得起他那个发型，他就是理发店里的发型师，靠着租个大卡宴来伪装自己的身份标榜人生，从一个城市厮混到另一个城市，骗骗小姑娘以此度日。

小昭目睹了这一切，她从来没有想过自己也会成为别人瞄准的猎物，她陷入了久久的寂静，回过头来看着我，她说，她有点累了。

她在家躺了三天，一动不动，吓得我们都不敢离开她的房间，只能轮流着照顾她，守着她。

她也不说话，我不知道她会不会想起她的前男友，会不会想起那些平平淡淡的日子里拥抱彼此和生活。

她不说，我也不问，现实击碎了她的梦，让她认清身处的这个世界，也不见得就是一件坏事情。

所以，姑娘们，请收起你们的公主心，不要让自己活在云端，也不要让自己活得不食人间烟火，但是我也并非教唆着你们低到尘埃里，去沾染世俗的恶习，我只是希望你们能活得真实，又不浮夸。我们可以憧憬爱情——但是那个人，未必就是白马王子，未必就能帮我们摆平所有的事情。他不会是命运的主宰，也不是神，他终究是一个人，真真实实地存在我们身边，可能他很土，也会很闷，或者也没什么大志，买不起豪宅和跑车，但他会真实地活在你身边，过着充满烟火味的生活，是一日三餐，是雨中送伞，是接你回家。

你要沉入到这样的生活里，只有沉入到这样的生活之后，你才会发现，你总能坦然面对别人随便开出来的空头支票，心照不宣地鄙夷那些夸大其词的人，你会活成你自己的样子，而这一切都是你人生的起点，你将会遇见更好的自己，你更值得拥有更好的将来。

所以啊，最初的时候想当英雄，想变超人，想成为被光环围绕的很厉害的人，后来啊，后来只想做一个普通人，养一只猫一条狗，有一个小房子和一个爱人。

那些相爱过的人后来都去了哪里

我学妹跑来跟我哭诉，她谈了3年的男朋友跟她提出了分手，她怎么都没法接受当初那个追她追得死去活来的男人会薄情寡义地跟她说出"分手"两个字，她鬼哭狼嚎，又歇斯底里，不停地念叨："他当初那么爱我，现在怎么就这么轻易丢下了我？"

是啊，他当初那么爱你，现在怎么就这么轻易丢下了你呢？这大概是无数个被分手的女性发自肺腑的控诉，但是却没有一个法官能做出公正的宣判。我们放低了姿态，将自己真挚的心捧在胸前，却再也没有人将它奉若神明。

可是，当初，明明是他追的你，站在你宿舍楼下给你送早餐，哪怕是让他等了半个小时，他也不会因此而抱怨，甚至还会乐呵呵地朝你笑，对你说他刚来不久。他记得你的生日，记得你吃面不放香菜，记得你吃芒果会过敏，也记得你胃不好、不能喝冷饮，甚至在你看综艺节目的时候顺口提了某只口红很漂亮，转眼你就把这件事儿给忘记了，但是他依然会记得，悄悄买来放在你的桌台上。

他记忆力那么好，没考上哈佛真是太亏了。后来你发现他不仅记忆力好，还无所不能。马桶堵了给他打电话，电灯泡坏了告诉他，买的小家电搬不动还找他，他统统能摆平，一句怨言都没有，还会一脸灿烂地拍胸脯：以后这些小事完全就包在我身上了。

他说得那么认真，你怎么可能不当真。

你是他的天，你是他的地，你是他的心肝大宝贝。

他是你的心，他是你的肺，他是你的超级大英雄。

你觉得他会一直这样对你好，直到你变老，变成了没有牙的老太婆，他也会守在你身边逗你笑。可是，那个看见你皱皱眉都要心疼好几天的人怎么忽然不见了，如今你哭得死去活来，那个曾视你如珍宝的人去了哪里，又在给谁擦着眼泪。

这么多年来，我们曾相爱过的人后来究竟去了哪里？

我的新室友是一对刚毕业的小情侣。男的高高瘦瘦叫小善，女的瘦瘦飘飘叫小美。

小美其实一点也不美，眼睛不大，嘴巴却不小。和绝大多数的普通女孩一样，小美走在人海中很难光彩夺目，却很容易淹没在人潮中，不见踪迹。但是尽管如此，小善每天都会准时去接小美下班。坦白讲，我们租住的房子离小美上班的公司并不远，也正是因为这个原因，当初小善独自来看房子的时候毫不犹豫地就租了下来，尽管房租对他们来说略有压力。

他们谈了四年，从大一到大四，再到毕业，打破了毕业即分手的魔咒，在这个生活了四年的城市蜗居一角。小善下班早，我每天回家的时候他都在厨房忙碌，洗菜，切菜，他切得小心翼翼，又厚薄不一，把火腿肠切成了指甲盖，又把辣椒切得有大有小。我看他切菜的样子都着急，忍不住想给他做个示范了。

看得出来，小善并不会做饭。

可是尽管如此，小善依然顶着30多度的高温缩在小小的厨房里"艰苦奋斗"。为了学做菜，他还专门下载了做菜的APP，每天有模有样地研究菜谱，变着法子烧不同的菜品，而不是千篇一律的番茄炒鸡蛋。

他勤勤勉勉的样子，总让我想起很多年前的张先生。

我认识张先生那年，他已经28岁了，被生活打磨得谦卑又温和，待人和善又彬彬有礼。他是我从北京回到郑州以后的第一位室友，相互熟悉了以后我才知道他跟我是老乡。

那时候张先生刚刚谈了个对象，叫小C。他们相识于2012年的冬天，那一年的冬天很冷，他们初次见面的地方不是喧闹的大街，也不是文艺的咖啡馆，而是在小C那间被暖气包裹的房间里。

寂寞男女独处一室，不免让人遐想。但他们并没有约炮，也没做寂寞男女都会做的那种事情，他们各自相望，心照不宣地聊起了彼此这些年的种种历程。

小C曾回忆说，再也没有比那一刻更安宁踏实的时光了，两个通过网络而认识的陌生男女，无所企图地讲述自己这些年走过的路，仿佛遇见了另一个自己。外面簌簌地下雪，屋子里的茶冒着热气，总觉得恍然如梦。

后来，张先生起身告别，小C裹着松松垮垮的毛毯送他，在开门的那一瞬间就忍不住打了个喷嚏，张先生回过神一把就将她拦在了门内，他说，外面冷，别出来了，便顺手合了门。小C听着楼梯里传出咚咚咚的脚步声，她忽然很想跟上去抱住他。

那天晚上，张先生坐末班车回家的路上，电台里刚巧放了梁咏琪的《花火》，他更新了一条微博，也就是这条微博，在很多年以后依然是小C最后的灵魂载体。很多年后，他们分开，老死不相往来，小C每次想起张先生的时候都会悄悄搜他的微博，然后一条条地扒拉出他在2012年12月11日那天的微博——说起末班车，说起梁咏琪，说起一刹那的花火。

或许，她和张先生，就是那一刹那的花火——绚丽之后重归寂静，却比从前更孤独。

第二天，张先生约小C吃午饭。

吃饭的地方离他们上班的地方都很近，可是张先生却执意要去接小C。

小C在楼下远远地看见张先生朝她走来，原来他所谓的"接"，就是靠走路来接啊，小C忍俊不禁，她觉得这个人更有意思了。

他们吃饭的地方是一家还算不错的中餐厅。可是张先生没有点菜，就点了两碗烩面，面端上桌的时候小C愣了半天没说出话来。这也太抠了吧，小C想。

可就是这个抠抠的张先生，在小C陷入"弹尽粮绝"的时候悄悄往她钱包里塞钱，还要装出一副毫不知情的样子。当十来张粉红色的人民币从小C钱包里露出来的时候，小C就知道那是张先生塞进来的，除了他，还有谁能碰到她的钱包？

没多久，小C和张先生就走在了一起。冬天里，他给她暖手，他为她烧热水泡脚，他在她加班的晚上去接她，站在楼下冻得瑟瑟发抖。后来天暖了，又热了，他知道她喜欢吃荔枝，大中午冒着骄阳去超市夹杂在一群老头老太太中抢新鲜的荔枝，冒着30多度的高温在没有隔热层也没有油烟机的厨房里为她下厨房，每次从厨房出来的张先生就像是刚刚从游泳池里爬出来一样，浑身都是湿漉漉的。

小C一直觉得他们会度过余生，会在生活的烟火味里相扶到老，她已经过了爱做梦的年纪，在经历过很长时间的孤独之后更明白生活的相濡以沫比爱马仕的包包、闪闪发光的宝马车更来得有安全感。她生气，他会默不作声地来抱住她；她发脾气，他会心平气和地跟她讲道理；她陷入困顿，他会义无反顾地陪着她。

爱情本来的面貌也不过如此。

可是，拥抱了爱情的小C最终还是没能跟张先生走在一起。他在父母的胁迫和压力下，做了那么多努力，争取了那么多次，还是被逼着跟小C分了手。父母有的时候真的是又理智又可怕的生物，什么爱情、什么重要不重要，对他们来说啊，都是虚无缥缈的玩意儿，他们靠着自己仅有的那么一点点干涉的权力，强行剥夺儿女的婚姻大权——每当这个时候，不管他们曾经争吵得多么天崩地裂，也一定要组成最统一的战线，誓死让他们的子女的另一半是他们最心满的那类人，好像他们的满意，就能成就别人的幸福一样。

分手以后的张先生再也没跟小C联系过。他们曾经是彼此的依靠，如今却只是彼此恍恍惚惚做的一个梦，梦醒了，人都不在了。

分手以后的小C再也没有吃过荔枝，可依然止不住地想张先生。她悄悄地跑到他上班的楼下偷看他，翻他的微博，看他的朋友圈，她觉得自己像个贼，又像个变态。

后来，张先生结婚，小C在朋友圈里看到曾经共同的好友发的现场照片，他挽着新娘，笑起来早没了那些年的安宁。

她最终还是丢了他。

他娶的那个人，最终还是别人。

我替小C感到难过，却又什么也帮不到她。很多年以后，不知道张先生还会不会记得那个冷冽的冬日，会不会记得那个有胆量让他去她家见面的小C，又是否还会记得在回家的路上听过的梁咏琪的《花火》。我们活在别人的故事之外，又怎么能体会到那份歇斯底里的绝望？

我做记者的时候采访过很多所谓的"企业家"，他们很早的时候就出来打拼，赤手空拳，又跟爱人相互扶持，抒写创业故事。我当时的老板是个感情细腻的女人，她总是要打着"伴侣"的旗帜给创业者的另一半冠以光环。在她的指导下，我们组织并颁发了各种创业伴侣的奖杯，躁动又庄重，米总就是其中之一。

米总年纪比我大不了几岁，却将事业做得风生水起。她的员工曾跟我讲她和她家先生之间的故事，说她是个很厉害的女人，赚钱了以后第一件事情就是给老公买了一百多万的车子，言语之间都是钦佩之情。这年代，男人赚钱了给女人买豪车买豪宅一点都不足为怪，有的男人不仅给自己的女人买，还给别人的女人买。可是女人赚了钱给自己的男人买豪车就尤为少见了。

后来因为工作的缘故，我跟米总的接触就多了些，并逐渐成了关系很要好的朋友。也正是因为如此，我才看到强者背后的脆弱。早些年米总还做建材生意的时候频繁跑场，为了签单子，她喝酒跟喝水一样。她说这话的时候早就已经风轻云淡了，但是有那么一瞬间，她眼神里一闪而过的豪情和壮志都变成了深深的倦意。后来因为去生孩子，她不再饮酒，转而将事业转移到健康领域。那几年的经济形势不好，米总走得颇为艰辛，她曾有一度打电话找我借钱，我甚为惊讶，我这种毛头小子靠工资吃饭能有什么钱啊。后来想想，如果她不是走投无路又怎会轻易跟我开口呢？我把身上仅有的8000块转给了她，她连连道谢，让我又惭愧，又替她难过。

风光的背后是巨大的压力，也是无处倾诉的悲苦。

可是，那个与她同甘的男人却没有共苦。在她人生艰难的时候，她老公不但没有给予她应有的帮助和照顾，反而在三更半夜的时候拉疲惫不堪的她起床签订资产清算的承诺，他生怕她暂时不顺的生意将他深深地拖入负债的泥潭，却全然忘记了那个在生意做得风生水起愿意给他花钱买豪车，也愿意暂退名利去生孩子过日子的人。

毕竟他们也曾是彼此相爱的人，却没能带给彼此最深沉的爱。

我们都曾是彼此相爱的人，却最终都没能殊途同归。我们被岁月洗礼，打磨掉棱角，变得越来越成熟，也越来越难喜欢上一个人。

我们最终变成了那个越来越理智的自己，会取舍对自己更有利的人和机会，却弄丢了相爱的那个人。再也没有那个耐心去等一个人，也再也不愿意花很长的时间去听另外一个人讲她童年的趣事了。

我发微博说，那些年你们相爱过的人最终去了哪里？

很多人给我留言，他们的答案不约而同地相似：死了。

是啊，那些年，那些曾经相爱过的人都沉沉地死在了对方的心里，张先生死在了小 C 心里，米总的爱情连同婚姻一起住进了坟墓里。可是，我仍然希望，小善和小美能彼此活在对方的生活里，也活在彼此的心里面。

而这一切，才是我们应该有的人生啊，和挚爱的人相伴，风雨兼程，同生共死。

愿你深爱过的人能一如既往地活在你心里，永垂不朽。

少年不经事，老来多憾事。

　　它依然是人间的烟火，本该就带着厨房的油烟味，洗衣机里轰轰的声响，以及散步时久久的平静。

其实我们没有那么熟

我的微信好友一度抵达了5000人的上限，我被拉进了各种群，每天点开微信，手机都会因爆炸性的群消息而卡壳半天。迫于无奈，我不得不退出一些无关紧要的群，又屏蔽一些看起来没有那么重要的群消息，每当这个时候，总会有一些见过两次面的群主朋友跳出来给我发微信："你怎么退群了？你是不是看不起我啊？"

我尴尬又无奈，不知道该做何解释，只能悄悄地把对方发过来的消息删掉装作没看见，却没想到又惹了更大的麻烦。下次再见面，对方势必要穷追不舍地刨根究底，非得问出个所以然才善罢甘休，将我折腾得疲惫不堪，后来索性就删掉了对方微信，这才算是风平浪静。

我更不敢看朋友圈。每次打开朋友圈的时候，感觉总也翻不到头，做微商的、晒孩子的、晒名牌包包的，还有晒P成了蛇精脸的自拍照……更有甚者，还有晒胖得跟猪似的男朋友的，明目张胆地把男朋友的半裸床照发到了朋友圈，还幸福感十足地配上文字：谢谢老公这么宠爱我，么么哒！——拜托，你男朋友要是跟吴彦祖一样帅，你发到朋友圈也值得我们为你点赞，你偏偏把这么私密的酒店床照发到朋友圈是想表达你住得起五星级酒店，还是宣告天下你们昨晚上刚刚打完炮？

于是，在相当长的一段时间里，我觉得我的朋友圈比我生活的世界还要精彩，那里犬马声色，美女如云，我被拥着、赶着拉进那个世界，往返各种时尚聚会、高端论坛，还有高端品质交友等等，大家都盛装出席，浓妆艳抹，跟明星走红毯似的光彩夺目，尔后大家各留名片，我准会被他们名片上的各种头衔唬住，再加了微信才发现原来就是个做微商卖面膜的。

在这场所谓的"人脉就是钱脉"的交际中，艾米也曾风光无限。艾米的本名并不叫艾米，是她给自己取的艺名，她原名叫杜小菊，她觉得这个名字又土又俗气，于是她摇身一变给自己取了个高大上的英文名——艾米。

取了英文名的杜小菊，哦不，艾米小姐，也变得洋气起来。她妆容精致，口红很红，整天蹬着十厘米高的高跟鞋，活成了名媛贵妇的样子，不知道的还以为她住豪宅开豪车，也就我这种知根知底从小玩到大的老朋友才知道她租住在逼仄的小公寓里，屋子里堆满了她做的商品——从包包到化妆品，应有尽有。

她每天都会在微信上跟我描述她的宏伟蓝图，她说她迟早会年入百万，会买很大的房子，到时候要留个房间给我，以感谢我这么多年来对她的帮助——她所谓的帮助，是我做财经记者期间被邀约商业论坛、行业探讨等活动的时候，她每次都以"小跟班"的身份混进现场。我气得翻白眼，我跟她强调这是工作。她不以为然，跟我示弱："你就那么狠心拒绝一个好学者学习的机会吗？"

可她哪里是去学习啊，她明明就是为了所谓的人脉。她见人就加对方的微信，一副笑容可掬的样子，说自己是记者的小跟班，还做一些代购之类的。大家大多都笑笑，说一些客气的话，没几个人理睬她。后来在接了那么多的名片之后，她学聪明了，她跑去注册了一个公司，又给自己添置了一副昂贵的行头，一副成功人士的样子轻而易举地就骗过门卫和保安，被迎宾指引着去坐前排的位置——完全不用假我名号了。

几场活动的洗礼之后，艾米也渐渐成了行业里"名角儿"，她每次都会跟我炫耀她又加了哪个会长的微信，又和哪个公司的老总一起吃饭，聊一些行业里的变革，她出入高端场所，每天像赶场一样从这个活动现场赶往另一个活动现场，整天都在朋友圈发各种活动的自拍照，比明星的出镜率都要高，但是也没发现她手头上的包卖掉了几个。

她还自我安慰："别着急，我这是全面撒网，起码现在大家都知道我有个公司是做海外代购了的呀，大家总不能天天来找我这个老板买商品吧？"

她说得有理有据，连我都无力反驳。

不过，她的光鲜亮丽并没有维持太久。她毕竟不是富家千金，也没有源源不断的收入可供挥霍，她一个月卖出去的包所赚的钱扣掉吃住花销，已经所剩无几了。她跑来找我借钱，我头都没有抬，我说："你不是认识很多企业老板吗？昨天不还刚刚跟他们吃饭嘛，你完全可以找他们借钱啊。"

她缩在沙发上没有吱声，后来她默默地站起来，趁我去厨房打果汁的时候悄悄溜走了。

那天之后，我还是给她支付宝里转了两千块，我说，我收入也不多，日子也没有那么好过。我还说，脚踏实地一点，参加那么多毫无意义的活动，不过是另一种形式上的浪费，到了这个年纪，每一天的时间真的很宝贵。

她回我说，好。

我也不知道她究竟有没有听进去，但是她的朋友圈倒是真的消停了，她好几天都没有更新朋友圈，我还以为她被人骗走了呢，吓得赶紧给她打电话。她接了电话，气喘吁吁地说她在搬货，等会儿给我回电话。

后来我才知道，她非但没被人骗走，反而发愤图强开始干事业——每天都搬货送货，脱掉了高跟鞋，活成了女汉子。

她把微信名字也改了，她不再叫艾米，她改回了杜小菊，方方正正，不卑不亢。她不再去参加各种聚会各种活动，她一有时间就缩在家里看管理学找出路，有的时候连我约她吃饭她都不去了，她像是换了一个人似的，再也没有像曾经的朋友圈那样活得轰轰烈烈、无处不在。

她卖的包越来越多，事业渐渐有了起色，她跑来还我钱，嚷嚷着要请我吃大餐，我故意挖苦她，我说："你最近又认识了哪个企业家啊？"

她将抱枕丢在我身上，她说："有什么用？还不如多看一页书，多陪喜欢的人喝杯咖啡。"

我们都会经历这段时期，我们独自一人闯天下，势单力薄又无所依靠。于是，我们拼命认识新朋友——"朋友多了路好走""多一个朋友多一条路"；于是，我们拼命加微信、留电话，时常在对方的朋友圈下面点赞，却又很少留言——因为真的不知道该说些什么。

我们微信里有几千个好友，手机里存着几百人的电话号码，可每个辗转难眠的日子，依然觉得身边没有什么可以聊天的人，我们一遍遍地翻阅微信，一个个地查阅手机号，却不知道该打给谁，会有谁会静静听我们遇见的状况，又会有谁肯在我们困难的时候拉我们一把。

我有段时间身体不舒服而住院，那些曾经热热闹闹的所谓的"朋友们"没有一个人来探望我，他们知道我生病，顶多在微信里说些好好照顾自己的话，还约我病好了再一起吃饭约酒。也就是那个时候，我开始思考我的社交活动带给我的究竟有多大的意义，我付出了那么高的时间成本，堵车出行去赴一场又一场的饭局，我收获的仅仅是酒足饭饱互相吹捧吗？

那么多的热闹，把黑夜吵成了白天，又在一场梦之后各自散去。

我总算明白了这些道理，减少不必要的社交，将大把的时间埋在健身学习以及陪伴家人身上，我清理了微信，删掉了一大半"好友"，我的朋友圈变得好清静，我的生活也变得好轻松。

我想，这大概才是生活。我们没有那么熟，我用不着踩着你的身躯得利益，你也不必打着我的旗帜搏项目，我们减少不必要的社交，也减少了不必要的麻烦，静下来心来和住在心底里的那几个人喝一杯清水，也不会觉得尴尬无趣。

我们没有那么熟，所以不要给我虚怀假意的关心，也用不着见面就跟我拥抱，喊我哈尼。

我没有英文名。

　　相信时间终究会把对的人送到你的身边，正如张爱玲所说的那样：于千万人之中，遇见我所遇见的人；于千万年之中，在时间的无涯荒野里，没有早一步，也没有晚一步，刚巧赶上了，那也没有别的话可说，惟有轻轻的问一声："噢，你也在这里吗？"

骑行在川藏线上的那道光

1

长达5000多公里的318国道是一条从上海到拉萨的公路，途径四川，因此而得名的川藏线是中国乃至世界的一条美景高度集中的景观长廊，同时也是骑行人的朝圣之路。我就是在这条路上遇见小九的。

那时候我刚写完我人生的第三本书。我觉得我该去看看世界，寻找新的旅途和人生。于是我做了一个相对有意思的决定，选择了骑行川藏线。

坦白讲，我并没有什么骑行经验，完全是凭着一股不知者无畏的精神买了装备挑战自己。我抵达了成都，在豆瓣小组上发帖子找队友。算我幸运，我很快就找到了一批同行者，小九就是其中之一。

骑行川藏线也叫转山，和翻山越岭毫无区别。每天早上从山脚出发，下午一两点的时候骑到山顶，然后就是连续几十公里的下坡。在我出发之前，曾经参加过骑行的朋友专门跑来嘱咐我，下坡的时候一定要谨慎。因为上坡的那段旅途早已将骑行者累得精疲力竭，下坡的时候又无需用力，所以有些骑行者免不了在下坡的时候打起盹来，他骑行的旅途中就有一个队友因为下坡的时候打盹睡着了，连人带车滚进了江河之中，再也没有上来过。

在折多塘的那天晚上，我们在藏民的家庭旅馆中歇了下来。老板娘是个中年妇女，丧偶，独居，可是性格依然开朗，热情地给大家端茶倒水，大家聚在屋檐下聊天，小九寂静地坐在院子里，她摘掉头巾和口罩，仔细地梳着头发。她脸庞消瘦，嘴唇因为干裂而脱了一层浅浅的皮，阳光洒在她身上，像是铺上了一层薄薄的光——也就是在那个时候我才知道原来小九是个姑娘，她全副武装跟我们同行，体力并不输给同行的男孩子，雌雄难辨，却又令人敬畏。

她好像注意到有人在看她，抬起头来扫了一眼，刚好与我四目对视。她的眼睛很亮，像是一道光似的点亮了我的周围，我开始觉得心跳加速。

后来我才知道，她来自上海，跟我一样独自一人上路。

我们互不相识，我们也终将相逢。

2

天渐渐暗了下来，有些骑友陆陆续续抵达旅馆，屋子里亮着灯火，大家围绕在厨房的四周搞了个篝火晚会。骑行的旅途中本来就没有什么姑娘，所以坐在人堆里的小九格外显眼，篝火将她的脸蛋烤得微微发红。

大家轮流发言，讲述自己的经历或者进行才艺表演，晚会的氛围一下子就被调动了起来。到了小九那儿，老板娘站了起来，走到她的身边，才艺表演换成了现场采访。她问小九："小姑娘，你有男朋友吗？"

小九昂起头，她说："我说有，您信吗？"

"我当然信啦，这么漂亮的小姑娘肯定有很多追求者吧。"老板娘说着，爽朗地笑了起来，她转动了一下眼珠子，接着说，"不过，你要是真的有男朋友就不会独自一个人来骑行了吧。"

小九愣了一下，然后笑了起来。

老板娘见状，便擅自主张起来："这样吧，今天晚上，我来帮你做主，帮你找个男朋友。"她话音刚落，便把视线投向了一旁腼腆的男生。老板娘不愧是闯荡江湖的老手，善于察言观色，更善于揣摩人心，小九在院子里晒太阳的时候，就是那个男生忙不迭地给她端水。她将这一切都看在眼里，便想撮合他和小九。

哪知道那个小男生太腼腆，在老板娘穷追不舍的"追问"中羞红了脸，她越是逼着他开口让小九做他女朋友，他就越是默不作声。也就是在这个时候，人群中忽然就站起来了个大叔，他留着整齐的胡须，神采奕奕，他说："我喜欢小九。"

人群中忽然就炸开了锅。老板娘可不乐意了，她垂起身子，上下打量着那个大叔，幽幽地说："你说喜欢就喜欢啊，要不这样吧，你跟他扳手腕，谁赢了小九就跟谁走。"她说着，便一把将那个腼腆的男孩子拉了起来。

篝火晚会的气氛一下子到了高潮，大家身上的疲惫劲儿都不见了踪迹，变成了热火朝天。眼瞅着就要分出了胜负，我从旁边的角落里站了起来，拉着小九的手就往外跑，把人群和热闹声都抛到了身后。

院子里很黑，天上的星星却很亮，山川之地没有那么多的薄雾，整个世界也变得空旷寂静。我打破了寂静，我开口说："他们真无聊。"

她没接我的话，她说："谢谢你。"

"谢我什么？"我摸不着头脑。

"谢谢你将我从尴尬中解救出来。"

那时候小九还不知道，我并不是为了解救她。

老板娘曾说，他们藏族的规矩就是这样直来直往，喜欢一个人就勇敢表达，就是要抢回来。

因为小九的"出逃"，游戏也没有再继续下去。等我们回到厨房的时候，大家都已经相继散去，我们分别走进了自己的房间，在客厅分道扬镳的时候我喊住了小九，她侧过脸，橘黄灯的光线刚好打在她的脸上，朦胧得像一场梦。

"忘了告诉你了，我叫 K。"我说。

她朝我莞尔一笑，她说："我知道。"然后甩了甩头发，酷酷地钻进了房间。

3

第二天早上的时候，昨天相聚一堂的骑友已经所剩无几了。旅馆本来就是大家短暂歇脚的地儿，醒来便是要各奔旅途。这条路上，我们所求不同，终点也不同，所以也自然不会将时间浪费在等待另一个人身上。

我去敲小九的房门，没人应我。老板娘从拐角处露出了个头，她说："别敲了，她已经走了。"

走了？我忽地就觉得心头发颤，像是丢了件很重要的东西。

"小姑娘有点感冒，我便劝她搭车去理塘，稍作休整再重新上路。她毕竟是个姑娘家，体力哪能跟你们这些大老爷们相比。"

我道了谢，穿好装备，推着车便要和剩下的骑友一同上路，老板娘把我们送到了门口，她忽然在我身后喊了我一声，她问我："小伙子，你是不是喜欢那个姑娘啊？喜欢她就一定要告诉她啊，不然就会被别人抢走了。"

我没回头，我空出了一只手朝身后挥了挥，然后用力地朝前飞奔骑行，我向老天祷告，向山川大地祷告，向万物生灵祷告，我希望还能遇见小九，如果遇见了，我一定要告诉她，一定要。

一路上，我脑子是空的。在那天之前，我从未想过未来的某一天会像那时一样空旷无声，除了偶尔有汽车驶过，整个山路都烟无人迹，世界垂挂在眼前，无声无息。我却一点都不觉得累，我迫切地想要再见到小九，我怕我再也见不到她了。

情感和精神会在冥冥之中给予我们很大的力量，这股力量甚至会超乎我们的想象，它是激发潜能的弓，是无限延长的箭，从此心到彼心，横穿千里，永不回头。

新都桥的下一站就是理塘。

我们从折多塘分开，又在理塘相聚，所以当我在青旅看到小九的时候，我激动得差点落泪了。

小九看着我笑，她说："你们跑得还真够快。"

我在心里说，都是因为你呀。我那么迫不及待地想再见到你，如今与你再次重逢，可我却依然什么都说不出口。

那天晚上，我们一行六个人住在了一间屋子，上下铺。小九住在最里面的上铺，我睡在门边的下铺，所以一抬头，我就能看见小九。

她把衣服折叠整齐放在床头，在男生们的鼾声中睡去，我却久久未能入睡，一抬起头就能看见她熟睡的样子，让我觉得安详。

因为旅途太累，我们一行人便决定在理塘休息两天再重新上路，我们坐在大堂里打牌，我打牌很烂，没想到小九也一样，偏不巧，我们总是会分到一组，她内疚地看着我笑，她说："真是不好意思，又要拖你后腿了。"

我伸出手来想拍拍她的头，可还是在半空中又落了下来，重新放在扑克牌上，我说："怎么会，明明是我拖你的后腿才对。"

后来的很多年，我总觉得人生大是命中注定，也是一语成谶。

晚上的时候，我们依着天台看星星。尽管是夏天，但是高原的夜晚还是冷得让人发抖。她裹着毯子，她说："要是能一直这样呆着就好了。"

她的手抓着栏杆，冻得发白。

我试探性地去握住她的手，在即将接近的时候立马又缩回了手，我忐忑，我不安，我神魂颠倒，我小鹿乱撞，我说："小九，我喜欢你，不如做我女朋友吧？"

她没回答我，一溜烟就跑开了。

4

稍作休整之后，我们从理塘出发，前往巴塘，我们一行六个人算是正式组了队出发了。

这段山路属于起伏路段，不需要爬山，所以大家走得也比较轻松。小九在车上装了个车载小音箱，听着歌骑行，整个环境也相对比较轻松。

小九骑得比较慢，我怕她被我们远远甩掉，索性就放慢了速度陪着她慢慢地骑行。翻越巴山的时候，她明显体力不支，想要推着上山，可是推着上山更费力，也会更累。

我骑在她身边，我说："小九，你不如把车速调到最小档，慢慢骑，看似骑得慢，实际上要比推车上山更省力。"

她看了一眼又长又陡的山路，又看了一眼，认真地说："你确定？"

我郑重地点头，我说是。

她半信半疑，还是听从了我的建议试着骑上去。我跟她并肩作战，不住地喊加油，她累得气喘吁吁，根本就没空回我。

骑到半山坡的时候我们稍作休息，我从背包里拿出水和巧克力给她，她惊讶地看着我："零食在川藏线本来就是奢侈品，可你竟然还有巧克力？"

我没有告诉她，那些巧克力是我在第一家旅馆换来的，那是我在川藏线上能想到的给予她的最好的东西了。

没想到这些东西还真帮了大忙，她靠着巧克力的补给，真的骑上了坡顶。她把车丢在一旁，站在坡顶朝山下呐喊，她激动得像是中了五百万，然后一把抱住了我，以至于我半天都没有缓过神来。

我们抵达了左贡，入住在20多人的青旅房间里，这一次我们都睡在了上铺，而且头对头。我趴在床头端详她，她睁着眼睛看天花板。

我问她："你有什么心事吗？不妨跟我讲讲。"

她眨了眨眼睛，又闭上眼，她说："没有。"

可我明明能感觉到她的失落和疲惫，人的情绪本来就能散发出来气味，我闻到了她的悲伤，却又什么都做不了。

"把手伸出来。"我说。

"干嘛？又要给我巧克力吗？"她跟我说笑。

"不是巧克力，但是比巧克力更好的东西。"我说着，督促着她快点伸出手来。

她执拗不过我，还是伸出了手，柔软地伸向在她的枕头边，手心朝上。我一把抓住了她的手，紧紧地握在手心里，我说："我把我的手给你啊，以后你难过的时候都可以抓着它。"

她躺在床上没有动，然后，她回握住了我的手，用力地。

5

我们就这样一起骑到了昌都，那是一个相对繁华一点的小镇，可以买零食，也可以喝啤酒，还能坐班车绕过山路返回到繁华的都市里。

在宾馆的时候，小九嚷着要请大家喝酒，我们一群大老爷们哪能让小九请客，没想到小九忽然就严肃起来了，她说："快要分别了，感谢大家对我的照顾。请大家吃顿饭是应该的。"

我开始觉得不安起来，我不知道为什么会有这种坏情绪。

饭桌上，小九挨个给大家敬酒，说一些感激的话。我是最后那个，轮到我的时候，她喝得都有些飘了，端着杯子的手都开始晃了。我拦住她的手，我说："我就算了，来日方长，以后再喝也行啊。"

她不愿意，她说："一个都不能少。"

我怕她喝多，又执拗不过她，只得将她杯子里的酒匀一些到我的杯子里，我们碰了一杯，没想到小九又倒满了一杯，她说："再来一杯啊。"

她喝得摇摇晃晃，站起来要去洗手间，我扶着她去，在卫生间门口等着她，风冷飕飕地，星星却格外明亮。她从卫生间里出来，一把扑在了我怀里，她说："K，不如你做我男朋友吧？"

我觉得自己就像是在做梦，我用力掐了一下自己的大腿，真疼。

我说："你是不是喝多了？"

"是的。"她答我。

"那你是不是认真的？"

"是的。"她依然如此答我。

我拿出手机，打开了录像机，我说："等等，你重新说一下，我要录下来，免得你醒过来的时候反悔。"

她却扑在我怀里睡着了。

可是我们终究还是没能在一起。

次日，小九便跟我们分别，她要返回上海了。我陪她去做大巴，一路上我们谁都没有说话。

我把她送到了车上，我说："路上要注意安全。"

她重重地点头，然后一把拉住了我的手，她站了起来，紧紧地抱住了我，她说："K，谢谢你。"

"谢我什么呀？"

"谢谢你喜欢我。"

"你都说了，让我做你男朋友的。"

"可是，我要走了。"

"没关系，我会去找你的。"我笃定地说。

她看着我，眼泪刷地就落了下来，她说："你是认真的吗？"

那口气，和昨晚上我问她的模样如出一辙。

我点头，我说是。

她凑到了我的脸庞，小鸟似的啄了一下我的脸。

我从车站回到了旅馆，拿出手机看拍小九背影的照片。没过多久，就听见有人敲门。我想大概是其他骑友催促我准备出发了，我没精打采地去开门，拉开门的那一瞬间，我愣了一下。

因为我看见了小九。

她神采奕奕，笑盈盈地走进了房间里，她说："我想了想，决定留下来陪你走完这段路。"

很多年以后，我才知道小九急匆匆地想要赶回上海是因为家里安排了一场很重要的面试。她坐在大巴车上，回想起这段日子，忽然就下定决心让面试去见鬼。于是，她急匆匆地跑了回来，重新站在了我面前。

我又惊又喜，一把抱住了她。

我们同行走完了剩下的旅途，一路上我们聊起彼此的过去，那些被时光掩埋的日子像是又活了过来，我们互相参与到彼此的回忆之中，相见恨晚。

那大概是我人生中为数不多的快乐的日子，我们携手看日出，看晚霞，看万里星空，小九伏在我的肩头，她说："夜真美，生活真美。"

我握着她的手，我说："你更美。"

她轻轻拍着我的胸膛，她说："就你油嘴滑舌。"

我没有，我说的都是实话。她如星空一般点亮了我的生活，就像当初她坐在院子里梳头发，与我四目对视的那一瞬间，眼睛亮得像天上的星。

一路上，我们拍了很多的美景，也拍了很多的合影。直到今日，那些照片都被我单独放在一个文件夹里，填充了寂寥的时光。

后来，我们各自返程，互相许诺一定要去对方生活的城市里看一看，我们每天打电话发微信，各守一方，又近在咫尺。回郑州不久我就开始创业，忙得不可开交。有一天我加班到很晚，走到家门口的时候已经是晚上十一点多了，楼梯道里坐着一个人影，我还在心里嘀咕是不是撞见鬼了，哪想到那不是鬼影，那是小九。

她从台阶上站了起来，笑呵呵地看着我说："我来兑现承诺，来看你啦，算不算惊喜？"

"算，必须算！"我感动得直落泪，一把就将她揽入了怀里。

她呆在郑州的那两天，为我洗衣做饭，我说她是贤妻良母，她欣然接受："怎么样，要不要考虑娶我？"

我说："非你不娶。"

不过，我最终都未能兑现承诺，没有去上海看她，也没有娶她。

她一点也不怪我，也不憎恨我，她反而安慰我："想想我们曾经同生共死地出行川藏线，这还不足够吗？"

虽然我们最终没能在一起，可我依然怀念那段日子，她终究还是活成了我记忆中里的那道光。很多年以后，每当我想起来都会觉得心存温暖，空旷的山川，明亮的星星，还有那句"不如做我男朋友吧"，都被时光凝结成琥珀，封存在记忆深处，不衰不竭。

所谓"相濡以沫过，才心甘情愿地相忘于江湖"，也不过如此吧。

所有的旅途都是孤独的

我讨厌别人跟我说孤独两个字，因为这让我觉得十分矫情。可我又十分清楚，我们人生的每一个阶段都无时无刻不面临着孤独，它像幽灵一样阴魂不散死缠烂打地潜伏在我们身边，有的时候是在人潮涌动的大街上，有时候又在辗转难眠的深夜里，猝不及防地在我们背后猛地一击，每当这个时候，我们总是无处可逃。

最可怕的还不是这些，随着年纪的渐长，你一个人生活的时间渐久，你越来越害怕生病，你无法一个人去医院，你甚至都不知道该打电话给谁，会有谁来帮我们渡过难关，你生怕病死在家里也无人知晓。你害怕挫折，也害怕无人分享。你在工作中取到了某个成绩，你拿了什么项目，赚了多少奖金，却无人分享其中的快乐。世界喧哗热闹，你觉得自己孤独落寞。

于是，有些人妥协了。他们找了个没那么喜欢也没有那么讨厌的人结婚，将就过日子。他们以为自己结了婚就不会再有什么孤独了，可是哪有那么容易的事情啊。他们会因为小事儿而吵得天崩地裂你死我活，更有甚者，他们忍受背叛和家暴，在心力交瘁之后变成死水一般的寂静，孤独席天卷地，又将他们生吞活剥。

和《我的前半生》中的罗子君一样，宋玉也曾是全职太太。她毕业就嫁了人，早早地生了孩子，过着相夫教子的生活。那些在职场中打趴混得不尽人意的女同学总是羡慕她，她们时常会在聚会的时候感慨，要是有宋玉那么好的命就好了，嫁个疼爱自己的老公，谁还要再去职场里看人眼色，听人使唤，好好享受生活是一件多么美好的事情。

刚开始的时候，宋玉还一脸得意，她被人羡慕和恭维——这原本就是一件极其容易满足虚荣心的事情。她有钱，也有时间，本该频繁参加我们的聚会招摇过市，但是最近，她参加聚会的频率越来越少，直至渐渐淡出了我们的圈子。大家还在议论，她该不会是去生二胎了吧？

她并没有。她在微信里向我请教该怎么办，我诧异不已。后来我才知道，在她做全职太太的这三年，她跟她老公聊天的次数越来越少，他不再关心她喜欢读谁的书，也不会问她想做什么事情，他只会一遍遍地指责她今天的汤咸了，炒的菜放了太多的辣椒，吃得满嘴都是泡。他把家当成了旅馆，回来换身衣服就走，他不关心她的情绪，不在乎她的感受，甚至不再说"我爱你"三个字。

她把生活塞得很满，没有片刻的停息，她也会觉得累，觉得疲倦，相比较这些，她觉得更孤独了。

她说："我是不是太不知足了，有孩子，有老公，不用还房贷，也不用去挤公交，不用去职场里跟人斗得头破血流，我该知足才是啊？可每一次，在我停歇下来的时候，我都会觉得我的人生毫无意义，我跟我老公的聊天记录里只有吃饭了吗，今晚什么时候回家之类的话，他是我的爱人，可是我们除了孩子除了家庭开销，再也没有别的可以说的了。"

　　我没法给她答案，就像我没法帮她消灭掉孤独一样。

　　她没坚持几年就离了婚，她说，她实在受不了了，受不了跟身边躺着的男人无话可说，更受不了从白天守到黑夜的孤独；她说，她又不是深宫后院里的小宫女，可不想熬成容嬷嬷。

　　只是，她没有罗子君那么好命——能再遇见男神级的贺涵。她也曾在工作中碰得头破血流，曾在夜深人静的时候后悔自己当初的决定，也曾在孤独中流离失所辗转难眠，但是她没有回头，也不再轻易妥协，学会了跟孤独长相厮守。

　　浩海星辰，所有的旅途都是孤独的。我们不愿意承认它，也总想着要摆脱它。我们参加各种各样的聚会，认识不同领域的朋友，我们以为能将孤独置身度外，可是我们却发现它如影随形。

　　已故的歌手阿桑唱过《叶子》这首歌，"孤单是一个人的狂欢，狂欢是一群人的孤单"，又何尝不是将这份孤独唱得淋淋尽致呢。所以，你那么想逃避的，愿意付出妥协拥有的，就真的会称心如意不再孤独了吗？

　　"我不知道答案，好像也很难找到答案。"——这是苏珊的原话。

她是我身边为数不多的大龄女青年，她一个人租房子，一个人做饭吃，也一个人上班下班。没人会在下雨的时候给她送伞，也不会有人问她吃了没有，她连这些虚情假意的关心都不曾收获到。她每次蒸米饭都要蒸一大锅，然后分成七小份，一层层地塞进冰箱的冷藏室，每次吃饭的时候都拿出来一小份解冻。她有次中暑，头疼脑胀站都站不起来了，她实在不知道该给谁打电话，就把电话打到了我这里，问我下班回家的路上能不能给她带点药。

后来，她请我吃饭，我问她："你病得要死，为什么就想到了我呀？"

她头也没抬起来，自顾自地吃着饭："因为也只有你单身了，我们同样孤独，你肯定会理解我的处境来帮我。下次你若是遇见了困难，我也一样。"

我心头颤了一下，不由地觉得发冷。因为未雨绸缪，我开始跑步，坚持不懈地锻炼身体，我不能生病，我怕我生病了无人来照顾我——苏珊肯定指望不上，她绝对背不动我。

这大概也是独处带给我的自律，我坦然接受生活的种种残酷，也会在夜深人静的时候期待遇见一个人——告别孤独。可我知道，它终究是生活的常态，与我们每一个人朝夕相伴，我们可以用很多东西填满它，忙得没有时间去矫情，也没有什么心情去想什么孤独不孤独，我们自我麻痹，也不再多情。但是我们更可以学着跟它相处，不再惧怕它，也用不着逃避它，与它作伴，审视自己的灵魂，认清眼前的路。

我们的玩伴越来越少，高中很多的同学都已经形同陌路，大学的也一样，大浪淘沙，身边留下来能说话的人也寥寥无已。一些关系曾经很要好的朋友也因为天各一方渐渐失去了聊天的兴致，变成了朋友圈里的互赞党。我们都会渐渐习惯这一切，没有人会陪我们走到岁月的尽头，也不会有人一直陪我们经历跌宕起伏，所有的旅途都是孤独的，绝大多数的时候也终究是一个人面对，不用害怕，勇往直前，你终究会看到孤独背后的浩瀚星空，熠熠生辉。

他们彼此都应该成了心头的那抹朱砂，尘封着过去单纯而又一往情深的青春，各地天涯，又无处想起。

　　我们焦虑，迷茫，又苦不堪言，我们以为我们离成功越来越远了，我们将变得越来越庸俗，越来越沉沦，其实我们没有。

　　从我们决定改变的那一刻起，我们就该清楚，我们会看到星星之火，我们也会看到燎原的盛世。

后记：我是苏念安，

梦想一直能念你为安

我写作十余年了，没红，也没火起来，赚的银子还不够交房租，每个夜深人静的时候我都会想，下一个十年，我还会继续写吗？

我不知道。

即将步入而立之年的我，总会在搭乘列车的时候想起很多往事，窗外是一闪而过的风景，垂在山野之间的云层像是触手可及，深藏在心底的过往总会浮出眼前，年幼时的忧郁，少年时的苦闷，以及这些年的不顺畅，互相交融成了难以挣脱掉的网，我成了深陷其中的那条鱼，用尽全力都难以找到出口。

尽管如此，可我还是不愿意妥协。我跟身边的人说，受困于现实并不可怕，可怕的是受困于自己的心。一旦你将自己困于内心之中，认定自己就是这样的人，那么你这辈子都无法突破生活，也更无法突破自己了。

他们听我这么说，都觉得我是个神经病，后来想想，或许他们是对的。

于是，我就不再愿意跟他们讲，我把所有的事情都藏在了心底，写成了故事。我一厢情愿的时候，我爱而不得的时候，我支离破碎的时候，我遍体鳞伤的时候，我被现实打击又迎接新生的时候……如此等等很多很多个孤独的夜晚，我尝试着跟自己相处，一边安慰自己，一边鼓励自己，那些夜晚，我会喝酒，也会躲在被窝里悄悄抹眼泪，会辗转难眠等天由黑变亮。

再后来，我就变成了现在的模样。

前段时间跟五年未见的老友重逢，他笑嘻嘻地看着我说："你变了，不再是五年前的那个稚嫩少年，青春不再，变成了个中规中矩的老干部。"

我说是，五年了，从学校到职场，从恋爱到失恋，我摸爬滚打，经历了很多悲欢离合。

如今想想，却恍然如昨，皮肤变得衰老，白头发爬满了头。

很多人知道我写书，见面时总会问我两个问题。第一个是："你什么时候送我一本签名书呗？"第二个是："你为什么给自己取个苏念安的笔名啊？"

我不喜欢第一个问题，但是每一次我都会回答说："好啊。"

我喜欢第二个问题，但是每一次，我都回答不上来为什么。

于是一桌人哄哄笑笑："苏念安苏念安，还不如叫念慈庵。"

我垂着眼，我说，是啊，还不如叫念慈庵，好歹还能给人润个嗓子治个咳嗽。

偏偏我却什么都不能，除了念叨念安念安，每一次我都觉得是在呼唤我自己，但其实并不是，我只是在念你为安。

这或许也是这些年来我红不起来的原因，我抛不下自己，又不喜欢喧哗。我活得太寂静，有的时候连我都会问自己，这样活着的意义到底是什么？是看一朵花开，还是听一场风声？我觉得我的情商太低了，以至于遇见了喜欢的人都丝毫不懂得遮掩这份喜欢，又没法变得厚重，迫不及待地想要表达所有的心思，玩不起欲擒故纵的把戏，也看不惯暧昧调情的方式，我单枪匹马，又肝胆相照。

所以我单身到现在。

偶尔，我会怕自己会忽然死掉。有一天晚上，我失眠到凌晨，因为熬夜而造成胸口发闷，我怕得厉害，生怕下一秒会出不来气，会与世诀别，死在家里都不会有人知道。于是我慌忙爬起来，摸到手边的笔记本和笔就开始写资产清单，我在本子上写下我有多少份保险，我寥寥无几的存款，我的银行卡密码……写完这一切，我并没有得到安宁，反而陷入更窘迫的寂静，因为我不知道我该把它们交付给谁……

那个人——那个本该出现在我生命里与我走完余生的人，或许已经擦肩而过了，或许这一辈子都不会出现了。

我也成了沈从文《边城》里的"翠翠"，每一天都守着岁月在等，每一天都在回顾《边城》的结尾："这个人也许永远不回来了，也会明天就回来了。"

大概是因为这些，也就更羡慕不孤单的你们，在这茫茫人海中觅得了另一半，有幸能携手共伴。我很少去参加婚礼，并不是不愿意送上祝福或者见证那个美好的瞬间，而是想起这些年的跌跌撞撞，总免不了悲伤起来。

生活有的时候很艰难，孤独也是。

但是更艰难的是，当你放弃了自己的时候。

回想起这些年来的风风雨雨，也不是没有细微的小温暖。

我记得我出第一本书的时候，有幸结识了几个不错的读者朋友，那时候他们加我 QQ，小心翼翼地给我发消息，他们说喜欢我的故事，每当这个时候我都会感到由衷的安宁。后来我们成了很不错的朋友，彼此关怀，又互相鼓励。我还清楚地记得我去北京的那一年，在阳台围成的卧室里过了22岁生日，没有蛋糕，也没有鲜花，但是我却收到了很多的祝福。有个姑娘还专门用纸叠成了心形，拼凑出我的名字，放在一个很大的玻璃相框里，虽然当我收到那个玻璃相框的时候，玻璃已经完全碎掉了，可还是成了我这些年来久久难以忘怀的温暖，鼓励我走了这么多年。

岁月静谧，多的是难忘的事情。

希望有生之年，我能一直念你为安。

希望余生所有，有人能替我珍惜老张。

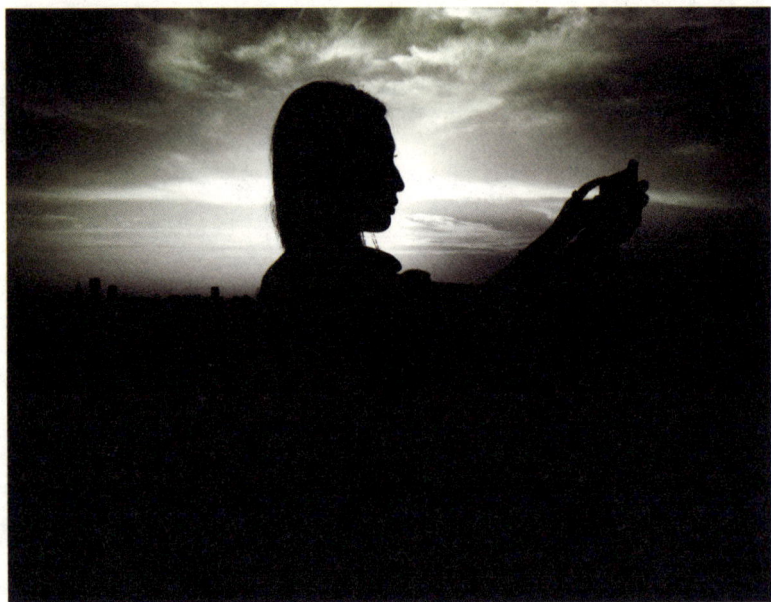

所以，不要怕，勇往直前。你早晚会见到那缕光。

图书在版编目（CIP）数据

有过去的人，才有未来 / 苏念安著． -- 南京 ： 江苏凤凰文艺
出版社，2017.10
　ISBN 978-7-5594-1050-4

　Ⅰ．①有… Ⅱ．①苏… Ⅲ．①散文集－中国－当代
Ⅳ．① I267

中国版本图书馆 CIP 数据核字（2017）第218079号

书　　　　名	有过去的人，才有未来
作　　　　者	苏念安
出 版 统 筹	黄小初　　沈浛颖
选 题 策 划	鲤伴文化
责 任 编 辑	姚　丽
特 约 编 辑	蒋　慧
责 任 监 制	刘　巍　　江伟明
封 面 设 计	荆棘设计
出 版 发 行	江苏凤凰文艺出版社
出 版 社 地 址	南京市中央路165号，邮编：210009
出 版 社 网 址	http://www.jswenyi.com
印　　　　刷	北京中科印刷有限公司
开　　　　本	880mm*1230mm　　1/32
字　　　　数	120千字
印　　　　张	8
版　　　　次	2017年11月第1版，2017年11月第1次印刷
标 准 书 号	ISBN 978-7-5594-1050-4
定　　　　价	36.00元

影视版权抢订热线 010-57194853

江苏凤凰文艺出版社图书凡印制、装订错误可随时向承印刷厂调换